AF316130

EDMOND HARAUCOURT

LA PASSION

MYSTÈRE EN DEUX CHANTS ET SIX PARTIES

PARIS

G. CHARPENTIER ET Cie, ÉDITEURS

11, RUE DE GRENELLE, 11

1890

LA PASSION

EDMOND HARAUCOURT

LA PASSION

MYSTÈRE EN DEUX CHANTS ET SIX PARTIES

PARIS

G. CHARPENTIER ET Cⁱᵉ, ÉDITEURS

11, RUE DE GRENELLE, 11

1890

Tous droits réservés

A MADAME SARAH BERNHARDT

En hommage de cordiale et reconnaissante amitié.

E. H.

Ce poème a été lu le jour du Vendredi-Saint, 4 avril 1890, au Concert Lamoureux, dans la salle du Cirque d'hiver, à Paris, par

Mᵐᵉ SARAH BERNHARDT.................. LA VIERGE.
MADELEINE.
MARTHE.
LE CHŒUR DES FEMMES.

M. PHILIPPE GARNIER.................... JÉSUS-CHRIST.

M. BRÉMONT........................... JUDAS.
ANNE.
PILATE.
CAÏPHE.
ETC.

PREMIER CHANT

LE FILS DE L'HOMME

I

L'IDÉE

———

Avant le lever du rideau, le CHŒUR chante :

La terre nue et sans chemin
Où se traîne le peuple humain
Va s'épanouir sous ta main
Comme un lis altéré d'aurore ;
Le bon priera pour le méchant
Et le monde sera le champ
Où tu fais fleurir en marchant
La fleur d'amour qui vient d'éclore.

Dieu de clémence et de bonté
Dont les douleurs m'ont racheté,
Ton Verbe est pour l'éternité
La source où les humbles vont boire ;
Les yeux des aveugles verront
La superbe baisser le front
Et les petits enfants iront
Dormir à l'ombre de ta gloire.

Le rideau se lève.

La scène représente le temple de Jérusalem, du côté de la Porte Dorée.
Les marchands et les changeurs sont installés sous les portiques, au milieu

des agneaux et des colombes ; les balances et les sébiles pleines de monnaies diverses sont sur les tables.

Des sacrificateurs et des pharisiens somptueusement vêtus se tiennent sur les marches du temple : parmi eux, JOSEPH D'ARIMATHIE.

Hommes, femmes, enfants : la foule du peuple pauvre qui encombre la place s'écarte pour livrer passage à CAÏPHE et ANNE, qui sortent du temple, suivis des prêtres et des servants du temple.

La foule s'incline devant eux.

Ils traversent silencieusement la scène, mais, avant de disparaître, ils se retournent vers le peuple, et lui parlent.

SCÈNE PREMIÈRE

CAÏPHE.

Si celui qu'on attend monte à la synagogue,
Chassez-le !

LE PHARISIEN.

Bien, rabbi.

CAÏPHE.

Le très saint Décalogue
Vous prescrit d'adorer Dieu seul, sans rien juger.

LE MARCHAND.

Bien, rabbi.

CAÏPHE.

C'est à nous de veiller au danger.

ANNE.

Si pourtant quelque impie essayait de surprendre
Votre foi, vous pouvez le tuer sans l'entendre.

CAÏPHE.

Les sibylles ont dit d'attendre Maleak
Lorsqu'on verrait les loups, dans les villes à sac,

Lécher le sang des morts sur les têtes coupées.
— Quand les astres, flambant sous le choc des épées,
Pleuvront de la poussière et hurleront d'effrois,
Quand le soleil rongé mourra dans les cieux froids,
Alors, cherchez l'Élu promis par les oracles :
Mais vous n'avez encor rien vu de ces miracles.

        Caïphe et Anne sortent.

SCÈNE II

JOSEPH D'ARIMATHIE.

Jésus de Nazareth a quitté Jéricho :
Il vient.

LE CHŒUR DES HOMMES.

  Le vent du nord nous apporte l'écho
D'un hymne triomphal qui chante vers la ville.

LE CHŒUR DES FEMMES.

Du haut des murs sacrés, j'ai vu la longue file
Du peuple qui l'acclame en marchant sur ses pas.

LE CHŒUR DES HOMMES.

Qui d'entre vous l'a vu ?

LE CHŒUR DES FEMMES.

      Je ne le connais pas,
Mais on dit qu'il est beau comme un soleil tranquille,
Que son regard console, et que sa voix distille
Des paroles qui sont plus douces que le miel.

LE CHŒUR DES HOMMES.

Il est bon pour le pauvre et lui parle du ciel
Où notre pauvreté nous vaudra la richesse.

LE CHŒUR DES FEMMES.

Hélas...

           1.

LE CHŒUR DES HOMMES.

Il prêche au nom de la sainte sagesse :
On affirme qu'il a confondu les docteurs.

LE MARCHAND.

Nous en avons tant vu de ces libérateurs,
Et Sion pleure encore, et Rome est toujours Rom e !

LE PHARISIEN.

Crois-tu que celui-ci soit bien le Fils de l'Homme ?
Les Saints ont dit : « Élie apparaîtra d'abord. »
Qu'il paraisse ! Où donc est Élie ?

JOSEPH D'ARIMATHIE.

Élie est mort :
Son nom est Jean-Baptiste, et des sicaires ivres
Ont tenu la promesse écrite dans les Livres.

LE PHARISIEN.

Le Fils naîtra du sang de David.

LE CHŒUR DES FEMMES.

Il est né !
Il arrive vers nous, et Dieu nous a donné
De baiser la poussière où posent ses sandales.

LE PHARISIEN.

Malheur à ceux par qui surgiront les scandales !

JOSEPH D'ARIMATHIE.

Emmanuel ! Jésus a guéri les lépreux ;
Sitôt que son doigt blanc s'est reposé sur eux,
Ceux qui ne marchaient plus se lèvent pour le suivre.

LE PHARISIEN.

Le grand-prêtre Caïphe a lu dans le Saint Livre
Des choses de menace et de damnation
Contre les séducteurs qui montent vers Sion.

LE CHŒUR DES HOMMES.

C'est bien. L'Élu doit naître aux jours de l'impudence.
Le peuple qui se tait rêve plus qu'on ne pense :
Quand la loi sera cher aux humbles, quand l'orgueil
Assiéra ses mépris sur la justice en deuil,
Quand la détresse ira s'étalant par le monde,
Quand les désespérés de la terre inféconde
Tendront leurs bras perclus vers les grands d'ici-bas,
Alors Celui qui doit préparer le repas
Du faible, de l'enfant, de la veuve et du triste
Viendra leur affirmer que la justice existe
Et que les temps cruels sont fermés pour toujours.

LE CHŒUR DES FEMMES.

Alors, Jérusalem, ta muraille et tes tours
Resplendiront de gloire à l'horizon des races,
Et des lampes d'or fin, brûlant sur tes terrasses,
Éclaireront la nuit où le monde râlait.
Le Jourdain coulera comme un fleuve de lait,
Et les peuples viendront s'abreuver à ton fleuve.
L'homme sera lavé, la terre sera neuve,
Et lentement, du haut du ciel, du ciel clément,
La paix, la douce paix descendra lentement.

LE CHŒUR DES HOMMES.

Plus de guerres ! L'amour baigne le cœur des hommes :
Les Gentils sont venus jusqu'à nous, et nous sommes
Les frères que l'Élu rassemble en souriant ;
Le soleil d'équité se lève à l'Orient ;
Nous donnons du bonheur à ceux qui font le nôtre ;
La vie est un baiser, la mort en est un autre,
Et la paix du Seigneur dure dans l'Infini.

LE CHŒUR DES FEMMES.

Ynnon ! O Rédempteur, que ton nom soit béni !

On entend le prélude d'un hymne triomphal.

LE CHŒUR DES HOMMES.

Étendons nos manteaux sur son passage, ô femmes,
Et nos manteaux sacrés purifieront nos âmes.

Ils étendent leurs vêtements à terre.

D'autres surviennent, chantant et secouant des palmes, jetant des fleurs.

HYMNE.

Hosanna ! Gloire au Fils de Dieu ! L'aurore a lui,
   Car j'ai vu le Roi qu'on espère.
L'Esprit du Tout-Puissant se repose sur lui,
   Et le Fils marche au nom du Père.

Hosanna ! Gloire au Fils de Dieu ! David est roi :
   Le Fils commande à la nature ;
Il a mis sur son cœur le baudrier de foi,
   Et la justice est sa ceinture !

O Sion ! Gloire au Fils de Dieu ! Le Fils est Dieu,
   Gloire au Fils que tu nous enfantes !
C'est le Saint d'Israël qui s'avance au milieu
   De tes murailles triomphantes !

SCÈNE III

JÉSUS apparaît vers le fond, entouré des apôtres et de la foule qui l'escortait.
L'ânesse qui l'a porté est tenue par la bride.
Le peuple se prosterne devant le Seigneur.

JÉSUS.

Venez à moi, vous tous qui souffrez, cœurs navrés,
Rêves en deuil, espoirs déçus, vous qui pleurez,
J'ai connu votre angoisse et j'apporte la joie :
C'est pour vous affranchir que mon Père m'envoie,
Car mon joug est facile et mon fardeau léger.
Venez à moi qui suis venu pour vous chercher,
Et nous irons ensemble à la paix éternelle :
Ma voix vous conduira si vous croyez en elle.

Je vous partagerai ce que Dieu me donna,
Et comme je changeais en vin l'eau de Cana,
Je ferai du bonheur avec votre misère.

LE PHARISIEN.

Es-tu donc Maschiah ?

JÉSUS.

Si ton cœur est sincère,
Pèse ce que je donne et juge qui je suis.
Mon Père fait par moi l'œuvre que je poursuis ;
Il parle quand je parle, et je suis l'interprète.

LE PHARISIEN.

Prouve, et nous te croirons.

JÉSUS, au peuple.

La récompense est prête,
Mais sachez écouter puisqu'il est temps encor.
Écoutez et venez ! Je suis la porte d'or
Par où les désolés vont entrer dans la gloire,
Et la porte est ouverte à ceux qui sauront croire.

LE PHARISIEN, bas à Jésus.

Ils ne comprennent pas ; tais-toi.

JÉSUS, au Pharisien.

Baissez le front !
Je parle aux cœurs naïfs et ceux-là m'entendront.

LE PHARISIEN, montrant les enfants.

Prêche à ces nouveau-nés...

JÉSUS.

Docteurs au crâne chauve,
Ils me comprendront mieux que vous, et je les sauve !
Ceux que vous méprisez sont ceux que je défends...
Laissez venir à moi tous ces petits enfants :

Ils m'aiment, je les aime, et ma voix les attire,
Et nous nous comprenons toujours, sans rien nous dire,
Car je suis le grand frère et nous nous ressemblons.
Laissez venir à moi les petits enfants blonds,
Et respectez pour moi ceux vers qui Dieu se penche :
Car l'enfant est le vrai docteur ; c'est l'âme blanche,
C'est l'œil de vérité qui s'ouvre sur l'azur ;
L'enfant ne doute pas, il voit : l'enfant est sûr,
Et n'ayant rien appris des lois que l'homme invente,
Il juge, calme ; il est l'ignorance savante ;
Cœur sans souillure, il est la raison sans défaut
Qui se souvient encor des paroles d'en haut,
Et que la voix divine instruit malgré la vôtre !

   En parlant, il caresse les enfants qui sont autour de lui.

LE PHARISIEN.

Bien ! Les faibles d'esprit ont trouvé leur apôtre :
Prophète et rédempteur.

JÉSUS.

   Ils l'attendaient, ils l'ont !

LE PHARISIEN.

Inaugure le règne et leur temps sera long !

JÉSUS.

Quiconque est abaissé par vous, Dieu le relève :
Il soutient l'exilé qui marche dans son rêve
Et qui, vêtu de foi, de candeur et d'amour,
Chemine obstinément jusqu'au déclin du jour.

LE PHARISIEN.

Dieu veuille pardonner à tous ceux que tu trompes !

LE CHŒUR DES HOMMES.

Le Royaume du Ciel va dérouler ses pompes.

LE PHARISIEN.

Damnez-vous ! Élohim reconnaîtra les siens !

JÉSUS.

Malheur, malheur à vous, Scribes, Pharisiens!
Votre orgueil a lassé la sainte patience.
Malheur! Vous avez pris les clefs de la science
Et vous vous en servez pour nous clore les cieux!
Vous conduisez un peuple et vous êtes sans yeux,
Car vous ne savez pas où vous allez vous-mêmes,
Et vous cherchez le mot des vérités suprêmes
En lisant dans un livre et jamais dans vos cœurs!
Sachant trop, vous savez trop peu. Sophistiqueurs,
Vous écrivez la loi qui lie et qui délie!
Malheur! Votre sagesse est faite de folie!
Malheur! Votre raison tuera la vérité!
Malheur! Votre justice a tué l'équité!

LE PHARISIEN.

Nous payons strictement le tribut et la dîme.

JÉSUS.

Oui, vous payez l'impôt à tous, et même au crime,
A tous, excepté Dieu, qui vous juge par moi!
Avares, sans pitié, sans pudeur et sans foi,
Vous priez en public et vous pillez les veuves.
Vous brodez des vertus sur vos tuniques neuves,
Et la loi du Seigneur décore vos manteaux :
Mais le juste vous voit pareils à des tombeaux
Qui, tout blancs au dehors, sont pleins de pourriture :
Car vous êtes remplis de feinte et d'imposture
Et l'on souille son âme en s'approchant de vous!

LE PHARISIEN.

César devrait lier les fous!

JÉSUS.

Ceux-là sont fous
Qui pensent tromper Dieu comme on trompe les hommes!

LE PHARISIEN.

Toi qui viens nous juger, sais-tu bien qui nous sommes?

LE MARCHAND.

Fidèles à la loi de Moïse, pieux...

LE PHARISIEN.

Si nous avions vécu du temps de nos aïeux,
Nous n'aurions pas permis le meurtre des prophètes.

JÉSUS.

Bien! Vous êtes contents des œuvres que vous faites:
Vos pères, avant vous, étaient contents des leurs ;
Ceux que Dieu vous envoie, il les jette aux douleurs,
Et vos sages, vous les chassez de ville en ville.
Mais le temps homicide est fini, secte vile,
Majestueux bourreaux du rêve, fiers bandits,
Et c'est Dieu qui le dit, lorsque je vous le dis,
Et c'est moi qui serai la dernière victime.

LE MARCHAND.

N'écoutons pas cet homme!

LE PHARISIEN.
              Un suppôt de l'abîme!

LE MARCHAND.

Assez!

LE PHARISIEN.
Qui donc es-tu pour nous parler ainsi?

JÉSUS, gravissant les degrés du temple.
Je suis Celui qui vient pour vous chasser d'ici,
Vous tous dont la clémence auguste désespère,
Vous tous qui polluez la maison de mon Père,
Faux prêtres du Dieu vrai, faux docteurs, faux savants,
Je suis Celui qui vient pour disperser aux vents
Vos chaires, vos erreurs, vos tréteaux, et vous-mêmes!

JOSEPH D'ARIMATHIE, bas, à Jésus.

Prends garde...

JÉSUS.

Hors d'ici, tous et tous !

LE PHARISIEN.

Tu blasphèmes !

JÉSUS chasse les marchands et renverse leurs tables.

Hors d'ici, trafiquants qui vendez à faux poids !
Hors d'ici les pigeons et les cages de bois,
Et les pains frelatés, et les tables de change !
Hors d'ici ! Retournez vous asseoir dans la fange,
Et n'osez plus monter vers la maison de Dieu !

LES MARCHANDS ET LES PHARISIENS, indignés, murmurent.

Oh !...

Tandis que les marchands se précipitent pour ramasser leurs monnaies répandues sur les dalles des marches, Jésus s'agenouille devant la porte du temple.

JÉSUS.

Seigneur ! Ai-je aussi profané le saint lieu
En portant ma colère au seuil de ta demeure ?
Pardonne-moi.

Jésus prie silencieusement, et toujours à genoux.

LE MARCHAND.

C'est un fils du démon !

LE PHARISIEN.

Qu'il meure,

Ou le Deutéronome est en péril !

LE MARCHAND.

Nos droits,

Nous les avons payés.

LE PHARISIEN.

C'est trop peu de la croix
Pour qui trouble la paix des gens!

LE MARCHAND.

Et du commerce!

LE PHARISIEN.

Et du temple!

LE MARCHAND.

Je perds deux pigeons.

DEUXIÈME MARCHAND.

Un sesterce!

LE PHARISIEN.

A quoi servent César Tibère, et son préfet?

LE MARCHAND.

Quand le peuple n'a plus sa police, il la fait!

LE PHARISIEN.

Vengez-vous!

LE MARCHAND.

Œil pour œil! Dent pour dent!

DEUXIÈME MARCHAND, cherchant une pierre.

Une pierre!

Murmures du peuple.

LE CHŒUR DES HOMMES.

Oserez-vous frapper un homme par derrière?

LE MARCHAND.

Qu'il vienne : il connaîtra si l'on a peur de lui!

JÉSUS, se relevant et descendant vers eux.

Me voici, je serai parmi vous aujourd'hui

Sans qu'on ose toucher un cheveu de ma tête.
Pourtant, lapidez-moi, s'il faut. Mon âme est prête.
Qu'attendez-vous? J'attends aussi. Lapidez-moi,
Et soyez mes bourreaux si vous savez pourquoi.
Je veux la terre libre et que l'humble y prospère;
A chacun j'ai donné ce qu'à permis mon Père :
Les sourds ont entendu, les muets ont parlé,
Et partout où quelqu'un pleurait, je suis allé;
A mon appel les morts sont sortis de leur tombe;
Je console qui souffre et relève qui tombe,
J'apaise et je guéris, je soulage et j'absous :
Pour lequel de mes dons me lapiderez-vous?

LE CHŒUR DES FEMMES.

Emmanuel!

LE CHŒUR DES HOMMES.
Il a dit vrai.

LE CHŒUR DES FEMMES.
C'est le Messie.

LE CHŒUR DES HOMMES.
C'est lui que saluait la bonne prophétie.

LE CHŒUR DES FEMMES.
Hosanna sur Sion! Gloire au Fils bien-aimé!

LE PHARISIEN.
A mort, l'imposteur!

LE CHŒUR DES HOMMES.
Gloire au Fils!

LES MARCHANDS.
Tâmé! Tâmé!

JÉSUS, revenu sous le portique du temple.
Toujours la guerre! Hélas, l'Apôtre des apôtres
Devra-t-il séparer les uns d'avec les autres?

Jérusalem, ô sainte et cruelle cité,
O ville de misère et d'incrédulité,
Qui mets toute ta foi dans l'orgueil de tes fêtes,
Jérusalem, qui fais lapider tes prophètes !
J'ai demandé pour toi des biens que tu défends,
O ville, et j'ai voulu rassembler tes enfants,
Comme la poule, avec sa douleur maternelle,
Rassemble les poussins dans le nid de son aile :
J'ai voulu, tu n'as pas voulu, Jérusalem.

Jésus entre dans le temple.

LE CHŒUR DES HOMMES.

Il part, c'est l'ombre...

SCÈNE IV

ANNE et **CAÏPHE**, prévenus par un prêtre de l'arrivée de Jésus, reviennent.

CAÏPHE, avec colère.

       Eh quoi ! l'homme de Bethléem,
Malgré ce que j'ai dit, est entré dans le temple !
Pourquoi ne l'avez-vous pas arrêté là ?

LE MARCHAND.

       Contemple,
Rabbi, ce qu'il a fait de nous et de nos biens.
Cet homme est un démon.

CAÏPHE.

       Et vous êtes des chiens,
Vils esclaves, gagés pour servir tous les maîtres !
Puisqu'il vous a chassés, vengez-vous !

LE MARCHAND.

       Rabbi...

CAÏPHE.

       Traîtres !

ANNE, bas, à Caïphe.

Ménage les valets et cache ton mépris.

LE MARCHAND.

Regarde tous les gens qui l'escortaient : leurs cris
T'auraient fait peur, Caïphe, autant qu'au pauvre monde.

DEUXIÈME MARCHAND.

Dès qu'on veut le toucher du doigt, le peuple gronde.

LE PHARISIEN.

C'est leur Messie ! Il parle au nom de Jéhovah !

CAÏPHE.

Le séducteur !

LE MARCHAND.

Rabbi, votre pouvoir s'en va.

LE PHARISIEN.

Nous n'avons plus de lois !

LE MARCHAND.

Et nul ne nous protège !

LE PHARISIEN, à Anne.

Que cherches-tu, rabbi ? Tu médites ?

ANNE, bas.

Un piège.

LE PHARISIEN.

Ah !

ANNE, entraînant à l'écart Caïphe et le Pharisien.

La foule, qu'il a séduite par ses dons,
Le défendra, mon fils, si nous le lapidons,
Comme la loi, pourtant, nous prescrit de le faire ;
Mais, qu'on le laisse aller, tranquille, qu'on diffère,
Et qu'un soir, doucement, sans bruit, pris ou livré..

2.

CAÏPHE.

Qu'on vienne l'arracher à moi quand je l'aurai !

LE PHARISIEN.

On criera.

CAÏPHE.

Nous crierons plus fort : j'ai la voix haute.

ANNE.

Arrêtons-le d'abord, et prouvons-lui sa faute :
L'adversaire enchaîné, qu'on juge, a toujours tort.

LE PHARISIEN.

Vous aurez une émeute.

ANNE.

Arrêtons-le d'abord,
Et si le peuple hurle, on calmera l'émeute.

LE PHARISIEN.

Mais...

ANNE.

Jetez-le lui-même en curée, à la meute :
Ceux qui jappaient pour l'homme aboieront contre lui.
La haine de demain est aux rois d'aujourd'hui
Et couvrira d'affronts ceux qu'on couvrait de gloire ;
Quand votre peuple a soif de sang, faites-le boire,
Mais sachez lui choisir sa victime.

CAÏPHE.

Comment ?

ANNE.

Patience... Il faudrait opérer savamment.
Offrez votre misère à Dieu, qui vous éprouve ;
De la douceur... Quand on cherche un traître, on le trouve,

CAÏPHE.

Nous sommes forts.

ANNE.

L'argent vaut mieux que les soldats.
Connaissez-vous quelqu'un parmi les siens ?

LE PHARISIEN.

Judas.

SCÈNE V

LA VIERGE paraît, entre **MARTHE** et **MADELEINE. JUDAS** et **LAZARE** marchent derrière elle.

LE CHŒUR DES HOMMES.

Salut, race du roi David !

LE CHŒUR DES FEMMES.

O mère sainte !

LA VIERGE, aux femmes.

Savez-vous où mon Fils est allé ?

Elle regarde avec inquiétude le groupe de ceux qui entourent Caïphe.

LE PHARISIEN.

Viens sans crainte,
Femme, nous sommes tous des prêtres, des marchands.

LA VIERGE.

Mon Fils séparera les justes des méchants,
Et les bons auront part au trésor qu'il possède :
Je ne vous connais pas, que Dieu vous soit en aide !

ANNE.

Ton fils a des trésors ?

LA VIERGE.

Son trésor est le seul :
Lazare que voici dormait dans son linceul,
Mais mon Fils a dit : « Marche, » et vous voyez Lazare.

LE CHŒUR DES HOMMES.

O Messie !

CAÏPHE, bas au Pharisien, montrant Lazare.

Encore un dont il faut qu'on s'empare.

ANNE, à la Vierge.

Tu portas le nabu qui parle sur Sion :
De quel père est-il né ?

LA VIERGE.

Je n'ai point mission,
Moi femme, de porter la parole à qui doute ;
Je suis près de mon Fils pour entendre, et j'écoute.

LE CHŒUR DES HOMMES.

Permets-moi de toucher le pan de ton manteau
Et je serai meilleur.

LA VIERGE.

Dieu garde ton troupeau,
Qu'il fasse prospérer tes brebis et ta vigne :
Sa faveur cherchera quiconque en reste digne,
Mais moi qui ne suis rien, je ne peux rien pour toi.

UN VIEILLARD.

Je suis vieux et souffrant. Mère du nouveau Roi,
J'ai fait pour le rejoindre une bien longue course,
Et voici que j'ai faim.

LA VIERGE.

Judas, ouvre ta bourse,
Et donne au bon vieillard ce qu'il demandera.

JUDAS.

Nous n'avons plus d'argent.

LA VIERGE.

Mon fils y pourvoira.

JUDAS.

Toujours donner, jamais recevoir.

LA VIERGE.

Que t'importe ?

JUDAS.

Soit ! Donnons tout ! Les gens nous fermeront leur porte
Quand nous demanderons un gîte.

LA VIERGE.

Le bon Dieu
Laisse-t-il sans abri les oiseaux du ciel bleu ?

JUDAS.

Il faut manger !

LA VIERGE.

Mon Fils y pourvoira, te dis-je.

ANNE.

Son fils y pourvoira, Judas...

CAÏPHE.

Par un prodige !

LE PHARISIEN, à Judas.

Donne un talent, je vais t'en rendre la moitié.

JUDAS.

Pharisien, merci.

LE PHARISIEN, prenant Judas par le bras.

Judas, c'est grand' pitié,

N'est-ce pas, quand le maître est plein de négligence...

JUDAS.

Parle mieux de Jésus. Sans la maudite engeance
Des mendiants qu'il trouve à travers son chemin,
On pourrait vivre encor, mais...

LE PHARISIEN.

Donne-moi ta main,
Judas, un cœur loyal habite ma poitrine :
Instruis-moi, je voudrais connaître sa doctrine.

Il entraîne Judas dans un coin ; ils causent à voix basse.

UNE FEMME, à la Vierge.

Daigne prendre un instant ma fille entre tes bras,
Car ma fille est mourante et tu la guériras.

LA VIERGE.

Je n'ai d'autre pouvoir, femme, que ma prière :
Pour prier avec moi, viens dans le temple.

CAÏPHE, arrêtant la Vierge qui se dirige vers le temple.

Arrière !

LA VIERGE.

Je ne peux pas entrer dans la maison de Dieu ?

CAÏPHE.

Ta présence y serait une insulte au Saint Lieu !

LA VIERGE.

Comment puis-je insulter le Très-Haut, quand je prie ?

CAÏPHE.

Abjure tes erreurs et ton idolâtrie ;
Lave ton âme, avant de présenter l'ola ;
Publiquement, abjure, ou n'entre jamais là !

LA VIERGE.

Le Saint n'exige pas qu'on l'adore en son temple,
Mais qu'on l'adore. Il nous écoute, il nous contemple,
Et nous sommes chez lui partout, chez lui toujours.
Qu'on parle vers le Voile ou dans les carrefours,
Dieu ne distingue pas où l'on est, quand on l'aime ;
Car le monde est l'autel qu'il s'est bâti lui-même :
Les lampes de soleil y brûlent dans l'azur,
Et pourvu que nos vœux s'élèvent d'un cœur pur,
Dieu les laisse monter au ciel et les accueille.
Nous resterons ici. Prions.

La Vierge s'agenouille au bas des marches. Derrière elle, Marthe et Madeleine, Lazare, Judas et le peuple s'agenouillent.

ANNE, bas, au Pharisien qui vient de quitter Judas.

Crois-tu qu'il veuille ?

LA VIERGE.

O Père, Créateur de la terre et du ciel,
Dieu de miséricorde et de sagesse immense,
Regarde avec pitié les chagrins d'Israël,
    Et juge-nous dans ta clémence.

Guide nos pas errants vers la route du bien
Pour épargner à tous ta colère et ton blâme ;
Donne-nous aujourd'hui le pain quotidien,
    Le pain du corps, le pain de l'âme.

Prête un peu de ta force à mon cœur abattu,
Aide notre faiblesse à supporter la peine
Qu'il faudra pour ta gloire et pour notre vertu,
    Et garde-les de la géhenne.

Ote-les de l'erreur, ôte-moi du tourment :
Mais les jours de douleur seront des jours de fête,
S'il te plaît de me voir souffrir amèrement
    Pour que ta volonté soit faite.

II

L'AMOUR

A Béthanie : chez Lazare.

La salle principale d'une maison juive. Par une large porte ouverte au fond, On aperçoit les collines qui entourent Jérusalem. Le soleil se couche.

MARTHE dispose les apprêts du festin sur une vaste table entourée d'escabelles.

MADELEINE est assise, et la regarde : elle tient un vase sur ses genoux.

SCÈNE PREMIÈRE

MADELEINE.

Marthe, as-tu fait la tâche?

MARTHE.

Il faut bien, quand tu rêves.

MADELEINE.

Ne gronde pas : je vis... Les heures sont si brèves!
La vie est un chemin dont l'homme est le passant :
On va droit, si l'on fait la route en y pensant.

MARTHE.

A force de penser, qui sait où l'on arrive?

MADELEINE.

L'action ne vaut pas la peine que l'on vive :
Ne rien faire et rêver, c'est le seul vrai travail.

MARTHE.

Fort bien ! Que caches-tu daṇs ce vase d'émail ?

MADELEINE.

A quoi bon le cacher, s'il faut que je l'avoue ?

SCÈNE II

LA VIERGE survient.

LA VIERGE.

Des querelles, enfants... Marthe, tends-lui ta joue.

Marthe s'approche de Madeleine, qui l'embrasse.

MADELEINE.

Quand je suis triste, il faut m'oublier dans un coin.
J'aime ma peine et veux l'aimer : j'en ai besoin
Comme du seul bonheur qui me reste possible.

MARTHE.

Se tourmenter sans fin...

MADELEINE.

        Ma douleur est paisible :
Qu'on laisse ma douleur s'extasier en paix.

MARTHE.

Le chagrin qui t'accable et dont tu te repais,
D'où vient-il ? Le sais-tu ?

MADELEINE.

        De trop savoir.

MARTHE.

          Chimères !

MADELEINE.

La divination de l'amour et des mères
Est un œil qui voit loin dans les périls futurs.

MARTHE.

Eh bien ?

MADELEINE.

Anne est puissant, et les prêtres sont durs.

LA VIERGE, avec effroi.

Tais-toi…

MARTHE.

Si le Seigneur est en danger, qu'il parte !
Fuir avant d'être pris !

LA VIERGE, suppliante.

Marthe, ma bonne Marthe..

MARTHE.

Leur haine oserait tout contre lui.

LA VIERGE.

Pas cela !
Ne dis point cette chose horrible, cache-la,
Pour que je puisse au moins rêver que je l'ignore.
J'en sais trop, et je vais en savoir plus encore,
Mais je crois par instants que je ne pourrais pas…

MARTHE.

Quoi donc ?

MADELEINE.

Ce qu'il a dit, ce que j'attends.

LA VIERGE.

Plus bas !
Ne parle pas des maux dont l'heure est menaçante,
Puisque Dieu les envoie et défend qu'on les sente.

Le Seigneur nous plaça près de notre Seigneur
Pour vivre dans l'angoisse et mourir de frayeur.
Inclinons-nous devant le sublime mystère :
Notre pauvre douleur n'a qu'un rôle, se taire,
Quand la gloire de Dieu nous écrase en passant.

MADELEINE.

Ma sainte Mère...

LA VIERGE.

Il est mon fils, il est mon sang,
Qu'on me permet d'aimer, qu'on m'interdit de plaindre ;
Lorsqu'on veut me le prendre et qu'il a tout à craindre,
Il faut que ma terreur se cache en m'étouffant,
Et je n'ai pas le droit de sauver mon enfant,
Et s'il meurt, je n'ai pas le droit d'en être triste !

MADELEINE.

Oh, si ! Pleurons ! Laissons notre amour égoïste
Oublier les devoirs que nous comprenons mal...
Nous toutes qu'effleura son regard baptismal
Et que le toucher blanc de ses doigts a bénies,
Pleurons du moins sur nous et les heures finies,
S'il nous est interdit de pleurer sur la fin !

LA VIERGE.

La fin !

MADELEINE.

J'ai tant pleuré, déjà ! L'amour divin
Qui fit mes yeux cerclés et mes pommettes creuses
A déjà répandu tant de larmes heureuses,
Que je peux bien pleurer aussi lorsque j'ai peur.

LA VIERGE.

Ma fille...

MADELEINE.

J'ai connu les instants de stupeur

Où le divin absent visitait mes extases
Et surgissait, blanc comme un lis sur l'or des vases...

LA VIERGE.

Je t'envie et t'admire, enfant, cœur ébloui,
Car j'ai besoin de lui, mais tu le vois sans lui. 

MADELEINE.

Prends-le donc ! Mène-le vers un pays de joie,
Et lorsque les vautours voudront saisir leur proie,
Qu'elle soit loin, loin des méchants, loin du danger,
Et loin de nous... A ceux qui viendront le chercher
Nous dirons de nous prendre à la place du Maître,
Et la mort nous plaira s'il daigne la connaître.

LA VIERGE.

Grâce ! Aidez-moi plutôt à pâtir jusqu'au bout...

MARTHE.

Mais...

LA VIERGE.

Dieu ne nous doit rien et nous lui devons tout :
Nous souffrons pour Celui qui souffre pour le monde.
Invoquons sa vertu pour qu'elle nous seconde,
Et tâchons, s'il le faut, d'obéir à ses vœux.

MADELEINE.

Allons à sa rencontre...

Elle prend la Vierge par le bras.

LA VIERGE.

Obéir !... Si je peux...

Les Saintes Femmes se dirigent vers la porte. Sur le seuil, elles rencontrent Judas. La Vierge le regarde, fixe un instant ses yeux sur ceux du traître, et, comme si elle devinait, se recule avec effroi.
JUDAS entre.

SCÈNE III

JUDAS, seul.

Trente talents : asseoir un commerce, et ma vie.
— Une loi que je sers, une que j'ai servie :
On ne peut pas servir deux maîtres à la fois.
Il faut choisir... Choisir, être certain... Je vois,
Je ne vois plus. Cherchons. Évidemment, les choses
Vont mal, elles vont mal... Les projets grandioses,
Le trône de David, le sceptre universel,
Les trésors, tout est loin. On a semé du sel
Au champ de notre vigne, et brûlé la récolte.
— Ici la mort; là-bas l'espoir. C'est la révolte,
Et nous n'avons ni l'or, ni le nombre : ils ont tout,
Richesse, autorité, force... Le dernier coup,
Jésus nous l'a porté sur les marches du temple.
La ruine! — Ils m'ont dit : « Nous faisons un exemple.
Es-tu bien sûr d'avoir honnêtement choisi,
Et que la vérité soit là plutôt qu'ici... »
Ils l'ont dit. Mais, le vendre? Il est bon, pur. Le vendre?
— Il m'a mis en péril et je peux me défendre !
Je ne le livre pas, je me sauve. Ils l'ont dit.
Je suis homme : il faut vivre. On n'est pas un bandit
Parce qu'on sait choisir l'attitude opportune.
Je me sauve : j'agis sans haine et sans rancune;
Je m'en vais, voilà tout. — Tu le trahis, Judas!
S'il était Dieu?... Prends garde! — Alors, mille soldats,
Contre le Sabaoth qui commande à la foudre,
Qu'est-ce? Il mettra leur bande et leurs armes en poudre,
Et je ne l'aurai point tué, s'il est vainqueur !
— Vainqueur, il punira... Non, je connais son cœur :
Il n'est rien que Jésus refuse à la prière.
Il pardonnera... — Lâche! Et demain? Et derrière
Le mur? Dans l'inconnu? Dans l'éternel remords?

SCÈNE IV

LAZARE apparaît sur le seuil. — Précipitamment, JUDAS se retourne
vers lui.

JUDAS.

Lazare, parle-moi, qu'as-tu vu chez les morts?

LAZARE.

J'ai vu la solitude et la force du Maître.

JUDAS.

Dans l'enfer?

LAZARE.

Un espoir du Fils qui devait naître,
L'immensité d'attendre et de craindre : l'ennui.

JUDAS.

Dieu, sais-tu ce qu'il est?

LAZARE.

Aimer, savoir, c'est Lui;
Tout aimer, tout savoir, le diptyque suprême :
Mais aimer lorsqu'on sait et savoir lorsqu'on aime,
C'est souffrir. Plaignez Dieu, car vos cœurs sont tachés :
Dieu souffre par son œuvre alors que vous péchez,
Il souffre par lui-même à force de trop vivre...
Plaignez Dieu! Le Futur est ouvert comme un livre,
Et l'infini des jours n'est qu'un moment divin!
— Regarder le connu naître et mourir sans fin,
Posséder l'avenir comme un présent qui dure,
N'attendre rien de soi ni de l'heure future,
Être et veiller, d'un bout des temps à l'autre bout,
Et ne rien désirer parce qu'on connaît tout :
Plaignez Dieu! vous plaindrez la souffrance éternelle!

JUDAS.

Lazare, et les damnés?

LAZARE.

Regarde ma prunelle
Et l'éblouissement de mes yeux qui sont morts :
Je n'examine plus. Je ne vois plus. Je dors.

JUDAS.

Moi ?

SCÈNE V

JÉSUS apparaît sur le seuil. Les disciples suivent. Derrière eux,
MARTHE et **MADELEINE.**

JÉSUS, à Judas.

N'interroge point Lazare, mais ton âme :
Pourquoi t'inquiéter si ta vie est sans blâme ?

LAZARE.

Maître, assieds-toi. (Aux disciples.) Vous tous, soyez les bienvenus
Jésus s'assied. Madeleine s'avance vers lui, et s'agenouillant, elle verse sur
les pieds du Seigneur le parfum contenu dans un vase.

MADELEINE.

Mon Seigneur, laisse-moi rafraîchir tes pieds nus
Et t'honorer autant qu'il est en ma puissance :
Pour te remercier de ta sainte présence,
Je t'offre peu, Jésus, mais j'offre tout mon bien.
Jetant le vase à terre.
Que ce qui lui servit ne serve plus à rien !

JUDAS.

Briser ce vase ! Elle est folle.

JÉSUS.

Juge sévère,
A quoi bon chagriner celle qui crut bien faire ?
Console-toi, Marie...

MADELEINE, essuyant les pieds du Christ avec ses longs cheveux.

Ils ne me peinent pas
Si ton regard divin peut descendre assez bas
Pour voir avec faveur l'œuvre de ta servante.

JUDAS.

Vase et parfum, le tout était de bonne vente,
Et le tout est perdu. Je vous prends à témoins
Que j'en aurais tiré trois cents deniers au moins.

JÉSUS.

Tu te trompes, Judas, ils valent plus encore,
Car Dieu pèse avec des balances qu'on ignore.
Judas, Judas, crains ceux qui manieront l'argent,
L'argent cruel et l'or menteur, l'or desséchant,
Et qui pèseront tout au poids de leur monnaie.

JUDAS.

Je ne sais que le prix des choses que l'on paie !
Tu veux voir les premiers ceux qui sont les derniers :
On pouvait beaucoup faire avec trois cents deniers.
Voilà ce que je pense, et je le dis sans honte.

JÉSUS.

Judas, Judas, crains l'or et crains celui qui compte :
L'or conduit à Satan s'il ne retourne à Dieu.
Prends garde. — Quant à moi, qui vous quitte, et dans peu,
Celui qui m'envoya me rappelle à son trône :
Donc vous aurez toujours des pauvres pour l'aumône,
Mais quand vous me voudrez, vous chercherez en vain.
Vois celle-ci : son cœur a deviné la fin,
Et ce qu'elle m'apporte est pour ma sépulture.

MADELEINE, sanglotant.

O Maître...

JÉSUS.

J'ai vécu selon votre nature :

Ne pleurez pas sur moi, mais chantez! Convient-il
De pleurer sur celui qui rentre de l'exil?
— Vendez votre maison et pliez votre tente :
Nous partons! Toi, debout, Marie, et sois contente :
La terre honorera ton amour douloureux.

Jésus se lève.

Ce que tu fis pour moi, je le ferai pour eux.

Il prend un vase plein d'eau, et le pose devant Simon.

Simon, donne tes pieds, que ton ami les lave.

PIERRE.

Est-ce à toi, mon Seigneur, quand je suis ton esclave...

JÉSUS, lavant tour à tour les pieds de ses disciples.

Simon, nul n'est esclave, et je vins parmi vous
Non pour être servi, mais pour vous servir tous.
Soyez pour le prochain ce que fut votre maître,
Émus, car je le suis, humbles, car j'ai su l'être,
Et quand je serai loin, faites ce que je fais.
Aidez-vous! Lorsque l'un fléchira sous le faix,
Que l'autre lui demande une part de sa charge;
Que la main soit ouverte et que le cœur soit large;
Cherchez celui qui peine, à toute heure, en tout lieu,
C'est en allant vers lui que vous irez vers Dieu!

PIERRE.

L'homme attend : nous saurons lui répéter ces choses.

Jésus se relève, essuie ses mains, et se dirige vers la table. Pendant qu'il parle, les disciples se rangent et s'asseyent autour de lui. Marthe et Madeleine sortent.

JÉSUS.

Souvenez-vous! Bientôt des bouches seront closes.
O chère Église, enfants que mon cœur a choisis,
Bientôt la place aimée où je m'étais assis
Sera vide à jamais. Pour m'y voir, pour y croire,
Vous n'aurez que les yeux de la douce mémoire,
Vous n'aurez que vos cœurs pour répéter ma voix,
Et nous rompons le pain pour la dernière fois.

JEAN.

Maître, que nous dis-tu?

JÉSUS.

Je dis l'ordre suprême
D'aimer votre prochain autant que je vous aime;
Le Dieu qui s'est donné part en vous nourrissant.
Il leur distribue le pain et le vin.
Mangez, car c'est ma chair; buvez, car c'est mon sang,
Et quand je serai loin, donnez comme je donne,
A tous, mais, avant tous, à ceux qu'on abandonne :
Recevez de ma part le passant, quel qu'il soit,
Car en le recevant c'est moi que l'on reçoit;
N'ayez que pour offrir : car donner, c'est me rendre.

JUDAS.

Dieu, que nous rendra-t-il?

JÉSUS.

Tout offrir, c'est tout prendre,
Et plus que tu n'auras donné, tu recevras.

JUDAS.

Convient-il d'obliger aussi les cœurs ingrats?

JÉSUS.

Donne sans rien compter : l'homme n'est pas un juge;
Le tribunal, c'est Dieu.

JUDAS.

Mais Dieu, c'est le refuge?...

JÉSUS.

Oui, refuge, toujours; tribunal, trop souvent.
Tel, dont le malheur veut qu'il soit encor vivant,
Le saura quelque jour et peut-être avant l'heure.

JEAN.

Une larme... Pourquoi pleures-tu donc?

JÉSUS.

Je pleure,
Car l'Écriture annonce : « Il prêta son appui
A l'homme qui devait lever un pied sur lui. »

PIERRE.

Est-il donc, parmi nous, un traître ?

JÉSUS.

Oui.

PIERRE.

Lequel est-ce ?

JUDAS.

Son nom ?

JEAN.

Lequel ?

JÉSUS.

Celui dont je plains la faiblesse
Et pour qui je vais rompre encor le pain d'amour.
Prenez-en : c'est ma chair. Judas, prends à ton tour,
Et finis l'œuvre.

Il regarde Judas dans les yeux : Judas se lève, inquiet, et s'éloigne.

PIERRE, examinant Judas.

Lui ?

JUDAS.

C'est donc vrai ?

JEAN.

Quand sera-ce ?

JÉSUS.

Bientôt.

JUDAS.

Bientôt !

JEAN.

Pourquoi ? Dis.

JÉSUS.

Parce que la race
De ceux que le Très-Haut accompagnait jadis,
Pour rendre grâce au Père a détesté le Fils ;
Et l'Écriture annonce : « Il fut haï sans cause. »

JUDAS.

C'était écrit.

JÉSUS.

Judas, reviens t'asseoir.
Judas reprend sa place au bout de la table.

JÉSUS.

Repose,
Mon petit Jean, ton front sur mon cou... Je m'en vais,
Mais avant de partir je vous laisse ma paix.

JEAN.

Partir ! Faut-il déjà, vraiment, que tu le veuilles ?

JÉSUS.

Lorsque le vieux figuier ouvre ses jeunes feuilles,
Où la brise en chantant secoue un reflet bleu,
Vous dites que l'été va fleurir avant peu
Et que le mois est proche où mûriront les figues.
— Lorsque, prêt à toucher le prix de ses fatigues,
Le laboureur regarde errer à travers champs
L'onde d'argent qui court sur l'or des blés penchants,
Il bénit le Seigneur, prend sa serpe, l'aiguise,
Et s'en va d'un pas fier vers la moisson conquise.
Levez les yeux ! Le monde est blanc pour la moisson !
A l'ouvrage ! C'est l'heure ! Et chantez la chanson ;

Allez cueillir le blé que sema votre Maître.
Courage ! A l'œuvre ! Et Dieu saura vous reconnaître
Si vous avez formé la gerbe, et bien glané !
A l'œuvre comme moi, qui suis le Fils aîné !
A l'œuvre ! Je vous laisse une terre féconde,
Et faites comme moi, car j'ai vaincu le monde !

Judas se lève et s'en va dans un coin.

PIERRE, à Jésus.

Ne pourrons-nous te suivre où tu vas ?

JÉSUS.

Pas encor.

JUDAS.

Où donc vas-tu ?

JÉSUS, à Judas.

Je vais préparer le trésor,
Et chacun en prendra telle part qu'il mérite.
Aux autres.
Mais vous serez l'Exil et le Nombre s'irrite :
Lorsque vous direz « oui », le Nombre dira « non » ;
Il vous fera souffrir à cause de mon nom.
La foi prime la force et vous vaincrez le Nombre.
— Judas, reviens t'asseoir.

Judas reprend sa place.

JÉSUS.

Si la terre est trop sombre,
Regardez vers le ciel qui vous consolera :
Craignez peu vos douleurs, car Dieu les bénira,
Et de votre chagrin va sortir votre joie.

JEAN.

Quand te rejoindra-t-on ?

PIERRE.

Par où ?

JÉSUS.
                              Je suis la voie,
Et je suis à moi seul le but et le chemin.
Aimez-moi : je viendrai vous prendre par la main
Si votre propre cœur ne vous montre la route.
Aimez-moi : c'est assez. L'amour tuera le doute,
Et vous comprendrez Dieu si vous savez l'amour.
L'amour ramène à lui. L'amour, c'est le retour ;
C'est le pont de salut qui passe sur le gouffre.
Aimez-moi : pour m'aimer, aimez celui qui souffre !
Le manque de l'amour mène à tous les péchés,
Et quand l'amour s'éteint, la route où vous marchez
Est si pleine de nuit que Dieu ne vous voit guère.
                    Judas se lève encore une fois, et s'éloigne.
Aimez, pour qu'on vous aime ! Aimez ! Fuyez la guerre,
Et la lutte, et l'envie, et tout ce qui n'est pas
La douce loi d'amour que j'apporte ici-bas.
Aimez sans lassitude, absolvez sans faiblesse,
Aimez si l'on vous hait, aimez si l'on vous blesse,
Car en aimant ses fils vous réjouissez Dieu !
— Judas, reviens t'asseoir... J'y reviendrai dans peu.

JUDAS, *se rapprochant.*
Tu reviendras ?

JÉSUS.
        Toujours.
        Marthe et Madeleine rentrent brusquement dans la salle.

MADELEINE,
        Des soldats... Dans les rues...
Un prêtre...

MARTHE.
        En les voyant, nous sommes accourues...
On te cherche, il faut fuir.
                Jésus et ses disciples se lèvent.

PIERRE.
        Nous te suivrons partout :

On saura te défendre et lutter jusqu'au bout.

JÉSUS.

Fils du tonnerre, ayez moins de foi dans vous-mêmes.

PIERRE.

Tu nous dis de t'aimer autant que tu nous aimes :
Notre amour, nous saurons te le prouver.

JÉSUS, menant Pierre vers la porte ouverte.

        Viens voir,
Pierre, les monts rosés frémir dans l'or du soir :
Une ombre violette endort les vallons calmes...

PIERRE.

Je vois.

JÉSUS.

  Avant que l'aube ait réveillé les palmes
Et qu'un autre soleil monte sur l'horizon,
Tu m'auras renié trois fois.

PIERRE.

    La trahison !

JÉSUS.

Tous les vices du cœur humain sont dans le vôtre,
Mais le plus vertueux pèche un peu moins qu'un autre.
Le coq t'avertira ; tu ne l'entendras point.
 Aux disciples.
Allez devant, mes fils ; votre ami vous rejoint.
  Les apôtres s'en vont. Marthe les suit. Judas sort le dernier.

SCÈNE VI

MADELEINE.

Oh, pitié!...

JÉSUS.

Pauvre enfant !

MADELEINE.

> Je ne peux plus me taire.

JÉSUS.

Si le grain de froment qu'on jette dans la terre
Ne meurt pas à son jour, il n'aura rien produit.

MADELEINE.

Hélas!...

JÉSUS.

> Mais, qu'il périsse, il portera son fruit :
Je suis le grain de blé d'où sortira la vie.

MADELEINE.

Et nous?... Moi?... Si ta chère image m'est ravie,
Combien de temps encor vivrai-je en te pleurant?
La biche qui soupire après l'eau du torrent,
C'était moi, doux Seigneur, avant ton arrivée :
J'étais la soif immense et tu m'as abreuvée,
Mais que deviendrons-nous si tu t'en vas d'ici?
Écoute! — C'est pour moi que j'implore merci.
Lorsque tu dois venir, le cœur de Madeleine
Déborde de bonheur comme une amphore pleine,
Et je pleure vers toi sans même en rien savoir :
A force de t'aimer, à force de te voir,
Mes sens sont éblouis de toi, mes larmes coulent,
Je meurs, mais ce mourir, c'est naître, et mes pieds foulent
Des mondes de lumière et des astres d'amour.
Loin des choses, si loin des laideurs d'alentour,
Hors de tout, hors de moi, je monte et je m'enlève;
Je voudrais trépasser pour survivre en mon rêve,
Et quand tu viens, mon rêve est la réalité !

JÉSUS.

Tu le possèderas durant l'éternité.

MADELEINE.

Vis! Te savoir vivant, c'est ma vie, et la seule !

JÉSUS.

Je vivrai, mais là-haut.

MADELEINE.

Qu'une main t'enlinceule,
Et qu'on ose toucher ton front, ton corps sacré,
Est-ce possible, ô mon Jésus !

JÉSUS.

Je renaîtrai.

MADELEINE.

Il ne viendra plus là... Quand tu parais, je tremble ;
Quand tu daignes me voir, me parler, il me semble
Que tu soutiens mon âme avec des fleurs du ciel.

JÉSUS.

Crois, et je reviendrai : car je suis l'Irréel.
Pour me bien voir, il faut me regarder, ô femme,
Moins par les yeux du corps que par les yeux de l'âme.
Crois, et tu me verras dans l'infini des temps.
Heureux qui saura croire en moi ! car je l'attends,
Et sa place est marquée en attendant qu'il vienne,
Croire, c'est votre tâche, et mourir, c'est la mienne :
Faisons chacun la nôtre, et tu me rejoindras.

MADELEINE.

C'est donc l'heure?

JÉSUS.

C'est l'heure.

MADELEINE.

Hélas...

JÉSUS.

Viens dans mes bras.

MADELEINE.

Tu le permets ?

JÉSUS, la pressant sur sa poitrine.

Adieu.

MADELEINE.

Jésus...

JÉSUS, lui posant la main sur le front, et l'éloignant de lui.

Va, tête blonde...

Madeleine sort. Il la regarde partir.

SCÈNE VII

JÉSUS, seul.

Je ne regretterai des choses de ce monde
Que la douceur des mains aimantes, le regard
De l'ami patient à l'ami qui vient tard,
L'épaule où l'on s'endort, le bras où l'on s'appuie,
Le clair sourire où monte une âme épanouie,
Le silence éloquent et profond des adieux...
— Adieu !... Mot de la terre inconnu dans les cieux,
Mot triste et doux, si doux par sa tristesse même,
Salut de l'éphémère à l'éphémère, emblème
De l'instant qui voudrait saisir l'éternité,
Pâle espoir des mourants contre la mort, clarté
Qui monte sur le temps et qui luit sur l'espace,
Aube du souvenir vers l'avenir... — Tout passe !

JUDAS, survenant.

Tout ?

JÉSUS.

La terre et le ciel passeront, Judas, mais
Les paroles de Dieu ne passeront jamais.

JUDAS, à part.

Je ne peux pas trahir cet homme. C'est un crime.

JÉSUS se dirige vers la porte; puis se retournant.

Tu sais où nous allons?...

SCÈNE VIII

JUDAS, seul.

Où je vais? A l'abîme!
Je le sens. Je veux fuir un moi qui me poursuit;
Les yeux de ma raison se remplissent de nuit,
Et c'est cet autre moi qui parle par ma bouche.
Je ne me connais plus. J'erre. Mon âme est louche,
Et je suis un hochet qui tourne dans les vents...
— Pourquoi? Mais, pourquoi pas? Opter! Si je le vends...

Pendant qu'il médite, le Pharisien, le centurion, les soldats arrivent.

LE PHARISIEN.

C'est là.

LE CENTURION.

Trop tard. Ils sont partis.

MALCHUS.

La cage est vide.

LE PHARISIEN, montrant Judas.

Celui-ci nous saura guider.

JUDAS.

Que je vous guide!
Et pour quelle raison, docteur?

LE PHARISIEN.

Tu l'as promis.

JUDAS.

Es-tu sûr?

LE PHARISIEN.

On te tient pour un de nos amis.

JUDAS.

Je n'en suis pas !

LE PHARISIEN.

Fort bieu. Tu paieras avec l'autre.

LE CENTURION.

Liez-le.

LE PHARISIEN.

Quitte donc ce parti pour le nôtre !
Ne vois-tu pas que rien ne vous peut garantir ?
Caïphe espérait mieux, Judas, du repentir
Qu'on avait cru noter dans ton âme plus sage.
Montrant la bourse.
Il nous avait chargés pour toi d'un bon message...
Tu ne sais rien vouloir.

JUDAS, regardant la bourse.

Je me mépriserais.

LE PHARISIEN.

D'être avec nous ?... Mon fils, on prendra des regrets ;
Et je redoute fort que ceci ne te nuise.
Mais, enfin, tu connais la loi, fais à ta guise :
L'idolâtre est rayé d'entre les citoyens,
On rase sa maison, on confisque ses biens.

JUDAS.

L'exil...

LE PHARISIEN.

Trente talents, Judas, c'est une affaire.

JUDAS.

Discutable.

LE PHARISIEN.

Chacun choisit ce qu'il préfère.

LE CENTURION.

Nous trouverons son maître et garderons l'argent.

MALCHUS.

En route ! Nous ferons la route en partageant.

JUDAS.

Tu m'as dit : trente ?...

LE PHARISIEN.

Eh, oui...
Secouant la bourse.

Vois la belle pécune.

JUDAS.

Trente... Pas plus ?

LE PHARISIEN.

C'est trop !... De quoi bâtir fortune !
Il caresse la bourse et l'avance sous les yeux de Judas.

JUDAS.

Montre-les...

LE PHARISIEN, vidant la bourse.

Si tu veux.

JUDAS.

Comptons...

LE PHARISIEN.

Compte.

LA VIERGE, survenant au seuil, et voyant Judas.

Ah !

JUDAS, *se retournant avec effroi.*

J'entends...

LE PHARISIEN.

Rien, rien...

LE CENTURION.

As-tu compté? Nous perdons notre temps.

LE PHARISIEN.

Tu sais où nous allons?

JUDAS, *à part.*

Les derniers mots du Maître !

LE CENTURION.

Au milieu de ses gens, comment le reconnaître?

JUDAS.

Je l'embrasserai.

LE PHARISIEN.

Bien...

LE CENTURION.

Vous entendez, soldats?

LE PHARISIEN, *aux soldats et serviteurs.*

Hommes! Souvenez-vous du baiser de Judas.

III

LA PEINE

Le Jardin des Oliviers ; la nuit est d'un gris pâle ; les vieux arbres mêlent leurs branches.

A droite, le torrent de Cédron glisse parmi les roches.

Au lever du rideau, la scène reste vide pendant la durée du prélude.

SCÈNE PREMIÈRE

JÉSUS, suivi de ses disciples, arrive par la droite et traverse le torrent.

PIERRE.

Restes-tu là, Seigneur?

JEAN.

N'irons-nous pas plus loin?

JÉSUS.

Jusqu'où marcher encor, s'il n'en est pas besoin ?
La route est faite.

PIERRE.

Ils nous trouveront.

JEAN.

Je te prie...

JÉSUS.

Tant que le bon Pasteur garde la bergerie,

Les brebis n'auront rien à redouter des loups.
Priez sur moi, petits, et je prierai sur vous :
La paix que j'obtiendrai par vous sera la vôtre,
Car les bonheurs que l'un a demandés pour l'autre
Seront les grains de blé qu'épargne la fourmi.
Dieu bénira l'ami qui parle pour l'ami,
Et le bien souhaité, Dieu le lui paiera double.
Demeurez là : veillez...

Les disciples déploient leurs manteaux et se couchent à terre.
Jésus s'éloigne.

JÉSUS.

         Seul ! Mon âme se trouble.
Le jour est donc venu, mon Père, et c'est l'instant ;
C'est l'heure expiatoire et ton peuple l'attend,
L'heure sainte qui va venir, l'heure promise,
L'heure qui vient, elle est venue, et j'agonise !
Rien ne m'est plus. Tout est fini. Seul désormais !
Loin des frères que j'ai choisis et que j'aimais,
Seul pour porter ma croix et gravir la montagne,
Tout seul au monde, ayant la haine pour compagne,
Moi qui chantais l'amour et qui vivais par lui !
Ma force m'abandonne, et je tremble... Aujourd'hui !

DES VOIX TERRESTRES CHANTENT.

Songe aux jardins de Galilée :
Tu descendais dans la vallée,
     Doucement ;
Tes amis s'asseyaient dans l'herbe,
Et leur cercle écoutait ton verbe
     En t'aimant.

VOIX CÉLESTES.

Le dévoué pasteur des âmes immortelles
     Les ramène à travers la nuit ;
Lorsque le soir descend, il marche devant elles,
     Et son troupeau le suit.

JÉSUS.

L'aurore qui va poindre est ma suprême aurore !
J'ai froid. J'ai peur... O Dieu, s'il en est temps encore,
Écarte ce calice et délivre-moi d'eux.
Je vois. J'entends. La foule, et le gibet hideux,
Le chemin, et l'angoisse au milieu des huées,
Et les coups de marteaux, et les paumes trouées...
Je ne peux plus... Mon cœur défaille dans l'effroi,
Et ma divinité se retire de moi...
— Une sueur de sang coule sur ma poitrine.
Mon Dieu, regarde en moi l'humanité chagrine,
Contemple dans ton Fils toute l'humanité,
Qui souffre, et pleure, et saigne, en priant ta bonté,
L'humanité qui meurt si tu n'as pitié d'elle.
Donne-lui la valeur de te rester fidèle,
Et qu'en moi ta bonté daigne écouter et voir
Mes frères de toujours et mes bourreaux d'un soir.

VOIX TERRESTRES.

Songe aux heures de paix lointaine :
Près du fleuve ou de la fontaine,
Tu parlais ;
Personne ici ne t'abandonne ;
L'homme est bon et la vie est bonne,
Aime-les.

VOIX CÉLESTES.

Il cherche la brebis que les loups ont ravie
Et la rapporte en son manteau :
Le Berger du Seigneur devra donner sa vie
Pour sauver son troupeau.

VOIX TERRESTRES.

C'est toi qui rajeunis la terre,
Et ton cœur est dépositaire
Du trésor ;

Nous viendrons chercher ton baptême;
Reste parmi nous, puisqu'on t'aime,
          Reste encor.

JÉSUS.

Comme le ciel est loin! Comme l'ombre est profonde!
— O terre! ô race humaine! ô déplorable monde
Qui cherches la lumière en marchant dans la nuit,
Cruel à qui te sert et doux à qui te nuit,
Qui voudrais adorer et ne sais que maudire!
O Race dont l'amour s'acquiert par le martyre,
Qui charges tes bourreaux d'auréoler tes saints,
Monde d'incertitude et de dogmes malsains
Où l'homme doit mourir des lois qu'il fait pour vivre,
Tu tends tes bras vers Dieu pour que Dieu te délivre,
Et lorsqu'il vient, l'ami si longtemps attendu,
Tu dresses son gibet pour croire à sa vertu!
Tu couronnes de sang les fronts qui sont augustes.
Ta justice fleurit sur la tombe des justes
Et ton cœur ne comprend que le verbe des morts :
Leur cri n'arrive à toi qu'à travers ton remords,
Car ta colère est prompte et ta sagesse est lente.
O Terre, ô pauvre Terre inquiète et dolente,
Terre qui fais périr les bons au nom du bien,
Puisqu'il te faut encor du sang, voici le mien !

Jésus s'agenouille.

A deux genoux, Esprit tout-puissant, je t'implore.
J'ai marché vers ta source et j'ai tendu l'amphore
A ceux dont le cœur triste est altéré d'amour,
Et voilà que j'entends venir le dernier jour.
Si mon œuvre te plaît et si ma tâche est bonne,
Laisse-moi souffrir seul et veuille qu'on pardonne.
Je n'ai point séparé le frère de la sœur :
Fais que mon nom soit doux et dicte la douceur,
Et défends que ce crime appelle d'autres crimes.
O Seigneur, si ma mort demandait des victimes,

Efface d'ici-bas ma mémoire et ma loi,
Et que jamais le sang ne soit versé par moi !

Il revient vers ses disciples et les voit endormis.

Ils dorment ! Tous ! Déjà ! Comme la chair est faible !
Leurs fronts penchent, ainsi que les grappes d'hièble
Lorsque le vent d'orage a passé sur les bois.
Ah ! qu'ils dorment encore une dernière fois,
Et qu'ils dorment en paix à l'ombre de leur maître,
Ceux dont le grand péché sera de me connaître ;
Qu'ils dorment, ils auront l'avenir pour prier,
Et je veille sur ceux qui devaient me veiller.
— Graves et doux passants dont j'ai fait des prophètes,
Demain, vous n'aurez plus d'asile pour vos têtes,
Vous traverserez seuls le désert des cités,
Seuls dans l'exil du rêve, et seuls, et détestés,
Frappant à tous les cœurs sans que rien vous réponde,
Car le monde hait ceux qui ne sont pas du monde :
Il déteste les fronts pensifs et douloureux,
Et sa fureur d'un jour s'appesantit sur eux...

Il étend son bras vers les disciples et les bénit.

Ceux que tu m'as livrés, Seigneur, je te les livre.
Pour que leur peuple apprenne à lire dans ton livre,
Fais qu'ils demeurent purs et qu'ils en souffrent peu.
C'est là mon testament et c'est mon dernier vœu.
— Ah ! je voudrais dormir comme eux... Je les envie.
Je ne dormirai plus jamais... L'immense vie,
Sans fin, sans fin l'immense et rayonnant exil !

SCÈNE II

LA VIERGE s'avance vers lui d'un pas précipité.

LA VIERGE.

Mon Fils ! Enfin ! C'est toi... Viens vite !... — Écoute-t-il ?

JÉSUS.

Pourquoi m'envoyez-vous encore cette épreuve ?

5.

Avez-vous ordonné que plus rien ne m'émeuve,
O mon Père, et ma force est-elle sans défaut ?

LA VIERGE.

Viens !... Entends-moi... Jésus ! J'obéirai, s'il faut,
Je veux bien obéir, mais dis-moi que c'est l'heure,
Prouve-le-moi... J'ai tort de pleurer, mais je pleure.
Je rêvais d'être forte, et voulais. Mais, vois-tu,
C'est trop. Quand l'heure sonne, on n'a plus de vertu.
Dès que ces gens armés ont traversé la route,
Je t'ai cherché comme eux... Car on te cherche... Écoute !
Des voix... Non... Pas encore... Et quelqu'un les conduit,
Quelqu'un des tiens...

JÉSUS.

Hélas !

LA VIERGE.

Oh ! j'ai peur de la nuit...

Allons plus loin... Judas leur a dit où nous sommes.
Viens... Ces arbres ont l'air traître comme des hommes,
Et je les vois tendant leurs bras pour te saisir.

JÉSUS.

Qu'il en soit fait, mon Dieu, selon votre désir.

LA VIERGE.

Le désir du Très-Juste est-il donc que je meure ?
Ils te tueront si tu demeures.

JÉSUS.

Je demeure.

LA VIERGE.

Ne sais-tu pas ?...

JÉSUS.

Je sais.

LA VIERGE.

Leur haine ?...

JÉSUS.

Et mon devoir.

LA VIERGE.

Le Grand-Prêtre a donné vingt talents pour t'avoir.

JÉSUS.

Pour que la volonté du Maître s'accomplisse.

LA VIERGE.

Déjà... Non, pas encor ! Dieu n'est pas leur complice,
Quel crime as-tu commis pour qu'il verse ton sang ?
Dieu ne peut pas vouloir la mort d'un innocent,
Dieu ne peut pas vouloir la douleur d'une mère.
Il est le puits d'amour dont l'eau n'est point amère ;
Et lui qui place un ange au lit du nouveau-né
Me laissera mon Fils, puisqu'il me l'a donné.

JÉSUS.

Vous n'avez plus de Fils, ô Mère trop humaine.
Mon Père m'a fié ses brebis, et je mène
Le troupeau de mon Père à l'étable de Paix.
Pour ramener à Dieu les brebis que je pais,
Il faut faire un chemin d'angoisse, et d'un pas ferme :
J'appartiens à ma route et j'irai jusqu'au terme.

LA VIERGE.

Oui, j'écouterai tout, plus tard, fuis maintenant.

JÉSUS.

Je suis venu sur terre et j'ai dit en venant :
« Jésus n'a d'ennemis que la peine et la haine,
« J'endormirai la haine en guérissant la peine,
« Et je ne suis à moi que pour mieux être à tous. »
— Si je vais sur vos pas, où me conduirez-vous ?
Quelle douleur encore à soulager?

LA VIERGE.

La mienne!

Hélas.,. Je n'ai donc plus un bras qui me soutienne,
Et tu n'aimes donc plus ta mère, ô mon enfant?
Si tu savais... Par toi, j'ai souffert bien souvent.
Je ne me plaignais pas : un enfant, c'est justice,
On souffre pour qu'il naisse, et puis, pour qu'il grandisse,
Et notre enfant est fait de toutes nos douleurs...
On n'imagine pas ce qu'il coûte de pleurs,
Ce petit être grave et blanc, qui vous regarde.
Quand tu faisais un pas, j'avais peur... Il nous tarde
De les voir marcher seuls et courir devant nous ;
Et voilà, dès qu'ils ont quitté nos deux genoux,
Qu'ils effacent leur mère et sont trop grands pour elle...
Quand tu parlais, j'avais l'effroi d'une querelle :
Je t'admirais; j'étais fière, et bénissais Dieu.
J'aurais voulu te voir, et te suivre, en tout lieu,
Et t'endormir, et te bercer, comme la veille,
En écoutant ton souffle auprès de mon oreille...
Et tu vois bien qu'il faut avoir pitié de moi,
Car, s'ils te font mourir, j'en mourrai plus que toi...

JÉSUS.

Pardon, pardon...

A part.

Seigneur, que ta force m'assiste :

C'est ici la suprême épreuve, et l'heure triste.

A la Vierge.

Pardon...

LA VIERGE.

Je savais bien que tu m'écouterais,

Et que j'avais raison... Viens vite!... Ils sont tout près...
Fuyons... Ce n'est pas l'heure...

JÉSUS.

O mère des tortures,

Si bonne, et pitoyable entre les créatures,

Vase de ma douleur, ô Reine des martyrs,
Qui souffres sans péché pour tous les repentirs,
Holocauste qui dois payer la rançon d'Ève,
Pauvre Mère, ton cœur est traversé du glaive,
Et tu ne connais pas l'ordre auquel j'obéis...

LA VIERGE.

Dieu t'a dit de marcher à travers son pays !
Rentrons en Galilée, où la vie était douce,
Paisible, et tu pourras faire asseoir sur la mousse
Les enfants qui viendront en baisant tes cheveux ;
Et tu leur parleras encore, si tu veux.
Ta tâche est d'être là pour porter la parole,
Mon Fils... Puisque ta bouche est comme une corolle
D'où tombent les parfums qui rendent l'homme fort,
Tu n'as pas le devoir ni le droit d'être mort :
Il faut songer à ceux que ta voix réconforte,
Et que deviendraient-ils, si ta voix était morte ?

JÉSUS.

L'homme ne pèse pas les volontés du ciel !
Les autres parleront, et je boirai le fiel ;
Mes bras nus vont traîner le fardeau de l'impie :
Je porte les péchés de la terre. J'expie !

LA VIERGE.

Expier ? Toi, si doux, mon Jésus, toi, si bon,
Qui dictes ta justice et verses le pardon,
Qui fais du criminel un saint, dès qu'il t'aborde !
Expier ? Mais ton nom, c'est la miséricorde !
Expier ? Où sont-ils les gens que tu trompas ?
Je ne suis qu'une femme et je ne comprends pas
Qu'un seul puisse expier tous les crimes ensemble,
Mais je sais que je suis ta mère, et que je tremble,
Et que tu devrais bien comprendre comme moi,
Quand tu souffres pour eux, que je souffre pour toi !

JÉSUS.

La douleur est le bain des âmes : elle lave !

LA VIERGE, se jetant à genoux.

Seigneur, Seigneur! Ayez pitié de votre esclave !
Vous ne permettrez pas qu'on me l'ose arracher !
S'il faut une victime à conduire au bûcher,
Je suis là. Prenez-moi, mon Dieu, mais toute seule !
J'ai trop vécu. Je suis faible comme une aïeule,
Mais lorsqu'on prend son fils, la mère le défend.
Je ne peux pourtant pas leur jeter mon enfant,
C'est ma chair, c'est mon sang, c'est moi plus que moi-même.

JÉSUS, relevant sa mère.

Hélas! Plus qu'en son corps, on souffre en ceux qu'on aime.

LA VIERGE.

Il ne m'écoute plus! Parlez-lui... Dites-lui
Que mes bras sont lassés, qu'il est mon seul appui,
Qu'il ne peut me laisser mourir au coin des pierres,
Que j'ai besoin de lui pour fermer mes paupières,
Qu'il est à moi, Seigneur, comme je suis à vous,
Qu'il me fait trop pleurer, lui que j'ai vu si doux,
Qu'on croit vous obéir, parfois, et que l'on erre,
Et qu'il faut obéir à sa mère, à sa mère,
Et que vous l'avez dit, Seigneur, dans votre loi !

JÉSUS s'agenouille devant la Vierge.

O Mère, bénis-moi, Mère, pardonne-moi.

LA VIERGE, le relevant.

Oui, je pardonne, viens, c'est oublié, viens vite.

JÉSUS, embrassant sa mère.

Adieu. Je dois aller où mon Père m'invite...
— J'entends les pas de ceux qui m'apportent la mort.

SCÈNE III

On entend vers le fond un bruit de pas et de voix. **JUDAS, LE CEN-TURION, MALCHUS** et les soldats apparaissent.

LE CENTURION.

Lequel est-ce?

JUDAS.

Venez.

LA VIERGE, courant vers les disciples.

Pierre! au secours... Il dort.

Mais réveillez-vous donc!

Les soldats tombent à la renverse, en s'approchant de Jésus. Mais les disciples réveillés se sauvent, à l'exception de Pierre, qui vient vers Jésus, et de Jean qui se cache en un coin.

Les soldats se relèvent. Quelques-uns poursuivent les apôtres. Un d'entre eux saisit par son manteau le jeune Marc, qui s'échappe en laissant son vêtement entre les mains du garde.

JÉSUS, regardant fuir les disciples.

C'est l'heure où tout s'achève :
Car les amis sont là pour la gloire du rêve;
Mais, lorsqu'il faut payer le rêve, ils sont partis.
Et voici l'abandon fatal... Adieu, petits...

Pierre marche au-devant des soldats.

PIERRE.

Vous êtes des soldats, et les aigles romaines
Deviennent des vautours!

LA VIERGE.

Toi, Judas, tu les mènes!

JÉSUS.

Judas, viens m'embrasser...

JUDAS, s'approchant.

Maître!...

LA VIERGE, *se jetant entre eux.*

Je ne veux pas !

JÉSUS.

Puisque tu l'as promis, viens m'embrasser, Judas.

Judas embrasse Jésus.

LE CENTURION.

Est-ce bien celui-ci qu'il nous faut ? — Une corde !
Liez ses mains !

LA VIERGE.

Laissez mon Fils !... Miséricorde !
Vous vous trompez ! Il n'a rien fait ! Que lui veut-on ?
Vous n'emmènerez pas mon Fils ?

MALCHUS.

Place au bâton !

PIERRE, *tirant son épée.*

Place au glaive, vous qui menacez la prière !
Nous défendons un juste et la justice.

A Malchus qui s'avance vers Jésus.

Arrière !

Pierre lève son épée sur Malchus, et lui coupe l'oreille.

MALCHUS.

Il m'a blessé !

JÉSUS.

Simon, mets ta lame au fourreau :
Sache être un juge triste, et jamais un bourreau.
Vous marcherez au nom du rêve et de l'idée,
Forts par votre douceur et non par votre épée.

Il prend le glaive des mains de Pierre.

Qui frappe par le fer périra par le fer ;

Il lève en l'air le glaive qu'il tient par la lame.

Mais ce signe ouvrira les portes de l'enfer,
Et puisque Dieu le veut, vous vaincrez par ce signe.

Il s'approche de Malchus, touche sa plaie, et la guérit.

Relève-toi, Malchus, et retourne à ta vigne ;

Pardonne à celui-ci, car je t'ai pardonné.

Il tend ses mains, pour être lié.

LA VIERGE.

Pitié !

JÉSUS.

C'est pour mourir demain que je suis né.

LA VIERGE.

Ta vie...

JÉSUS.

Elle doit être à tous pour être bonne :
Personne ne me l'ôte, et c'est moi qui la donne.

On l'emmène. Pierre suit les soldats.

Tous sont partis : la Vierge reste seule, et muette : elle tourne de tous côtés son regard de suppliant désespoir ; elle tend ses bras vers le Fils disparu, et ses bras retombent.

Péniblement, elle marche, comme pour rejoindre son enfant.

DEUXIÈME CHANT

LES FILS DES HOMMES

I

LE NOMBRE

SCÈNE PREMIÈRE

CAÏPHE.

Vous tous qui possédez la science, docteurs,
Prêtres du temple, et vous, illustres sénateurs,
Nous vous avons priés de nous venir en aide
Pour constater le mal et chercher le remède.
Vous savez quels fauteurs ont troublé la cité :
Un homme d'imposture et de perversité
Menace devant nous Dieu, Moïse, et le culte.
Le peuple, on le séduit, et le temple, on l'insulte :
Tout s'incline devant un gueux nazarien ;
Nos titres sont des mots, le dogme n'est plus rien,
Et nous sommes au bord de la guerre civile.

ANNE.

S'il s'agissait de nous, seulement... Mais la Ville,

La Ville du Seigneur, court un danger très grand.
Ne parlons pas de nous. Qu'importent votre rang,
Vos titres, vos labeurs, vos biens, et votre vie?
Nous offrons tout au Père, et notre unique envie
Est de voir prospérer ceux qu'on nous a commis.

CAÏPHE.

On les abuse!

ANNE.

Il a les pauvres pour amis
Et veut asseoir le pauvre à la place du riche :
Soit... Soit, mais la discorde est un domaine en friche,
Le blé qu'on a volé porte du mauvais grain.

CAÏPHE.

Tant que nous sommes là, nous devons mettre un frein
Aux désordres qu'on veut exciter dans la foule.
Tout s'en va, lois, respects, justice, tout s'écroule,
Et pour guérir un peuple on décuple ses maux.

ANNE.

On leurre sa faiblesse avec des mots.

JOSEPH D'ARIMATHIE.

Des mots?

Libre pensée et libre amour!

ANNE.

Fermez ce livre!
L'homme ne veut pas lire et savoir, il veut vivre!
Vous rêvez le bonheur des masses, nous aussi!
Mais regardez dans l'homme et sachez bien ceci :
Le bonheur, c'est la paix, la paix, c'est l'ignorance;
Élargir les esprits, c'est grandir la souffrance.
Laissez dormir le monde à l'ombre de sa loi!
Dormir, pour lui, c'est vivre : un sommeil dans la foi!
Le seul bonheur du peuple humain, c'est l'équilibre;
Le peuple humain n'a pas le besoin d'être libre.

Ces libertés qu'il prône et quête, il n'en veut rien,
Et pourvu qu'il en ait l'illusion, c'est bien !

CAÏPHE.

Un dogme, mélangé de force et de mystère,
Dur et ferme, voilà ce qu'il faut à la terre :
Ce qu'on lui donne en plus, elle n'en voudra point.

ANNE.

L'homme, éternel enfant, ne réclame qu'un poing
Sur lequel il pourra s'appuyer dans la marche.
Ne traitez pas l'enfant comme le patriarche :
Aidez-le, bercez-le ; chantez, n'instruisez pas.
Jugez ce qu'il lui faut et veillez sur ses pas ;
Emportez-le vers son bonheur, coûte que coûte :
Qu'il aille, sans savoir où conduira la route,
Car s'il discute où vous le menez, c'est la fin.

CAÏPHE.

Prenons garde ! sauvons l'héritage divin !

ANNE.

Le passé vous commande et l'avenir vous prie.

CAÏPHE.

Périsse un homme seul plutôt que la patrie !

LES DOCTEURS.

Oui !

CAÏPHE.

Qu'il meure avant vous, c'est vous qui nous sauvez,
Qu'il meure, l'homme en qui nos maux se sont levés,
Et qui, s'il restait là, nous en vaudrait de pires !

ANNE.

La faiblesse des lois est la fin des empires ;
La mort d'un seul vaut mieux que le danger de tous.

CAÏPHE.

Ne craignez rien ! Le Très-Puissant est avec vous.
Un Dieu terrible a dit : « Soyez la race austère,
« Et je vous livrerai les peuples de la terre ;
« Les biens de ceux qui sont contre moi, sont vos biens.
« Jetez l'idole aux vers et l'idolâtre aux chiens,
« Et passez les enfants au fil de votre épée ;
« Malheur au doux, qui laisse une tête échappée
« Se relever encor contre le Saint des Saints ! »

ANNE.

Quiconque extirpera du champ les ceps malsains,
Dieu bénira son fruit, son toit, et son épouse.

JOSEPH D'ARIMATHIE.

Certe, il sied d'avoir peur : vingt mille contre douze !
Je vois bien le danger ; le crime, où donc est-il ?

ANNE.

Je l'ai dit, ce Jésus montre un esprit subtil :
Grand dommage pour tous, car le peuple est candide.
Joseph, le Lévitique ordonne qu'on lapide
Quiconque se dira l'envoyé du Très-Haut.

CAÏPHE.

Fils de Dieu !

JOSEPH D'ARIMATHIE.

   L'Écriture est formelle : il vous faut
Des témoins !

ANNE.

   C'est vrai... Deux témoins : une misère !
Nous en avons, hélas, plus qu'il n'est nécessaire.
Venez...

      Sur l'ordre d'Anne, on introduit les témoins.

JOSEPH D'ARIMATHIE, au premier témoin.

Que sais-tu ?

PREMIER TÉMOIN.

... Rien.

ANNE.

Ils parleront plus tard.

DEUXIÈME TÉMOIN.

Une femme, hier soir, vint m'acheter du nard...

CAÏPHE.

Les parfums que la Loi réserve à l'Arche Sainte,
Il se les fait offrir !

PREMIER TÉMOIN.

Il a montré l'enceinte
Où s'abrite Élohim, disant : « Quand je voudrai,
Je détruirai ce temple et le rebâtirai. »

CAÏPHE.

Blasphème !

VOIX DIVERSES.

A mort ! — A mort le séducteur ! — Blasphème !

JOSEPH D'ARIMATHIE.

Ce qu'il disait, tu l'as entendu par toi-même ?

PREMIER TÉMOIN.

Tout le monde le sait.

ANNE.

Ils l'entendront, Joseph,
Car votre ami, tantôt, le dira derechef.

JOSEPH D'ARIMATHIE.

Tantôt ?

ANNE.

Nos soins prudents ont voulu vous instruire :
Jésus est convoqué, Jésus se fait conduire.

Préparez les flambeaux et cachez les témoins.

Les serviteurs allument deux flambeaux et les posent devant Caïphe. Les
deux témoins sont emmenés dans un retrait voisin, par la porte de gauche.

ANNE, aux témoins qui s'en vont.

Écoutez bien, mes fils, et regardez, au moins :
Car le Thora demande un témoin oculaire.

A Joseph.

Vous voyez qu'on n'a rien négligé pour vous plaire.

LE PHARISIEN.

Enfin !

ANNE.

Le séducteur va paraître, escorté,
Et vous le jugerez selon votre équité.

JOSEPH D'ARIMATHIE.

La nôtre nous prescrit d'être droits et sans tache :
Le respect de la loi, nous savons ce qu'il cache,
Et nous ne prêtons pas nos mains à des bourreaux...

CAÏPHE.

Quoi !...

JOSEPH D'ARIMATHIE.

Soyez des martyrs et soyez des héros,
En égorgeant dans l'ombre un juste sans défense !
Mais, si votre malheur permet qu'il vous devance
Au Sacré Tribunal, prenez garde qu'un jour
Dieu par qui vous jugez ne vous juge à son tour.

CAÏPHE.

Jusqu'à nous, voyez les porter leur insolence !

JOSEPH D'ARIMATHIE.

Je ne suis pas de ceux qui tiennent la balance
Et qui, pesant le bien et le mal d'un doigt sûr,
Font leur âme assez blanche et leur cœur assez pur

Pour s'arroger un droit sur la chose sacrée,
La vie, et pour oser tuer ce que Dieu crée.

CAÏPHE.

Nous défendons nos droits !

JOSEPH D'ARIMATHIE.

                        Et vous n'en avez pas !
Le seul être ayant droit sur un être d'en bas
Est là-haut.

CAÏPHE.

      Le Thora...

JOSEPH D'ARIMATHIE.

                  C'est bien : je suis un traître !
J'ai dit ce que j'avais à dire. Il va paraître :
L'honneur du peuple juif vous défend d'y toucher.
                        Joseph d'Arimathie sort, suivi de Nicodème.

ANNE.

L'honneur d'un tribunal défend de préjuger !
Mais, pardonnons l'erreur où la franchise éclate :
Joseph est bien heureux d'être ami de Pilate...
Puisqu'on a le chagrin de perdre son appui,
On fera de son mieux pour se passer de lui.

CAÏPHE.

Quel gouffre !

LE PHARISIEN.

      Où courons-nous ?

CAÏPHE.

                  C'est la mort.

LE PHARISIEN.

                        Sûre et prompte.

CAÏPHE.

Insulter le Gazith !

ANNE.

Son maître en rendra compte.

LES DOCTEURS.

Qu'il meure !

CAÏPHE.

Le voici !

SCÈNE II

JÉSUS entre par la porte du fond, poussé par les soldats et les servants du Sanhédrin.

UN SERVITEUR.

Passe, roi d'Israël !

LE CENTURION.

Marche !

CAÏPHE.

Nous le tenons !

ANNE.

Que béni soit le ciel
Qui veut bien nous aider dans l'œuvre de sa joie !
Aux docteurs.
Approchez les flambeaux pour que chacun le voie...
A Jésus.
Comment te nomme-t-on ?
Les deux serviteurs qui portent les flambeaux se placent de chaque côté de Jésus.

CAÏPHE.

Parle !

LE PHARISIEN.
                    Parleras-tu?

ANNE.

Ton père, quel est-il?

CAÏPHE.
Ton père?

LE PHARISIEN.
                    Anon têtu,
Vas-tu répondre, enfin, quand le Nasi t'appelle?

CAÏPHE.
Ton nom?

LE PHARISIEN.
    Ton père?

ANNE.
    Et ta doctrine, quelle est-elle?

JÉSUS.
J'ai confessé trois ans ma naissance et ma loi :
Interroge le peuple, il répondra pour moi.

LE SERVITEUR.
Insolent! Est-ce ainsi que l'on parle au Cohène?
Tiens.
    Il frappe Jésus au visage.

JÉSUS.
Si je parle mal, dis-le, pour qu'on l'apprenne;
Mais, si je parle bien, pourquoi m'as-tu frappé?

ANNE.
Nous n'interrogeons pas le peuple : on l'a trompé;
Nous jugeons l'imposteur et non pas sa victime.

CAÏPHE.

D'où viens-tu ?

JÉSUS.

Quand le vent passe à travers la cime
Des pâles oliviers qui tremblent, tu les vois ;
Tu ne demandes pas au vent : « D'où vient ta voix ? »
Tu l'écoutes, sans rien comprendre à sa harangue,
Car vous ne parlez pas, tous deux, la même langue.
— Si je te répondais, tu ne m'entendrais point.

CAÏPHE.

Crime d'orgueil !

ANNE.

Qu'es-tu ?

JÉSUS.

Je suis l'aube qui point,
L'aube de charité qu'annonçait Jean-Baptiste :
Moi, le trésor du pauvre et la gaîté du triste,
Je suis l'aube d'amour qui sort des nuits sans fond.
On m'attendait, je monte, et les ombres s'en vont.

CAÏPHE.

Tu viens pour abolir la loi des Saints Prophètes ?

JÉSUS.

Je viens pour l'accomplir : faites ce que vous faites.

ANNE.

Es-tu le fils de Dieu ?

JÉSUS.

Je suis le Fils de Dieu.

CAÏPHE.

Il l'a dit ! Levez donc les flambeaux ! Son aveu,
Bons témoins, vous l'avez entendu ?

LES TÉMOINS, rentrant et s'avançant vers Caïphe.

                                        Je le jure.

ANNE.

A quoi bon les témoins après cette imposture ?
Il blasphème devant le Gazith !

JÉSUS.

                                        Assora !
Je suis le Fils de l'Homme, et quand le jour viendra
Les yeux des morts verront le Fils aux mains trouées
A la droite du Père, assis sur les nuées.
J'ai tout dit. Achevez votre œuvre maintenant.

LE PHARISIEN.

A mort, le séducteur !

TOUS.

A mort !

ANNE.

                                        Dieu rayonnant !
Je pourrai donc mourir, et ta gloire outragée,
Ta gloire, ô Sabaoth, c'est moi qui l'ai vengée !

CAÏPHE ouvre le Livre de la Loi et lit :

« Que le blasphémateur soit traîné hors du camp ;
« Ceux qui l'ont entendu s'approcheront ; et quand
« Ils auront imposé leurs paumes sur sa tête,
« Il sera lapidé par tous. » — Qu'on le dévête !

ANNE.

Pas encore, Caïphe... Il sera temps demain.
Faisons ratifier par le pouvoir romain
Le jugement pieux que notre loi nous dicte.

CAÏPHE.

Si Pilate ?...

ANNE.

On saura diriger sa vindicte.

CAÏPHE.

Comment ? Nous ne pouvons entrer chez les faux dieux,
Car voici que la Pàque est prochaine.

ANNE.

                     Tant mieux :
Nous serons, du dehors, un peu moins responsables...
Ce n'est pas que je tienne aux faveurs périssables,
Mais quel mal, si le peuple éprouve du courroux,
Qu'il maudisse Pilate et Rome, au lieu de nous ?

  Anne et Caïphe se lèvent. Des groupes se forment. Anne et Caïphe se reti-
rent et causent à part.

ANNE.

Dès l'aurore, il faudra causer avec les masses :
Des promesses, un peu d'argent, quelques menaces...

CAÏPHE.

Oui.

ANNE.

       Choisir les passants, grouper au Gabatha
Des prêtres sûrs, et les marchands qu'il ameuta,
Près de chacun des siens aposter deux des nôtres,
Intimider les uns, encourager les autres...

    Ils sortent. Les Docteurs et les Pharisiens sortent derrière eux.

SCÈNE III

JÉSUS, lié à la colonne basse, mais les mains libres, reste au milieu des gardes et des serviteurs; LE CENTURION, les deux témoins, des femmes. Plus tard, PIERRE.

LE CENTURION.

Eh bien, Fils de David, tu vas mourir ?

PREMIER TÉMOIN.

Le Roi!

DEUXIÈME TÉMOIN, frappant Jésus au visage.

Quand tu seras sous la couronne, pense à moi.

PREMIER TÉMOIN, même jeu.

Mes respects au Seigneur!

PREMIÈRE FEMME.

Tends-lui donc l'autre joue!

UN SOLDAT.

On part pour conquérir le monde, et l'on échoue :
Moi qui parle, je n'ai jamais manqué mon but.

Il frappe Jésus au visage. Au milieu des rires, on bande les yeux du Christ.

DEUXIÈME TÉMOIN, donnant un coup de bâton à Jésus.

Devin, devine un peu qui t'a frappé!

PREMIER TÉMOIN.

Zébuth!
Prends des forces, tu vas faire le grand voyage.

LE SOLDAT.

Il veut s'asseoir, allez lui chercher son nuage!

PREMIÈRE FEMME.

Rédempteur, lave-moi, j'ai trompé mon mari.

DEUXIÈME TÉMOIN.

Je suis borgne : veux-tu me guérir?

JÉSUS, touchant du doigt l'œil du témoin.

Sois guéri.

DEUXIÈME TÉMOIN, portant ses mains à ses yeux.

O Dieu!

PREMIÈRE FEMME.

Montre ton œil!

DEUXIÈME TÉMOIN, se jetant à genoux.

Pardonne-moi mon crime,

LE SOLDAT.

Ses deux yeux sont ouverts.

PREMIER TÉMOIN.

Admirez-vous un mime?
S'il pouvait quelque chose, il serait déjà loin.
Au deuxième témoin.
Toi, prudence! La Loi punit le faux témoin.

SECONDE FEMME, du dehors.

Venez voir! J'ai trouvé le deuxième Messie!

LE SOLDAT.

Amène au tribunal!

PREMIER TÉMOIN.

Vite, qu'on l'initie
Aux mystères du culte et des coups de rotin.

DEUXIÈME FEMME, toujours dehors.

Il ne veut pas venir.

LE SOLDAT.

Voyez le libertin
Qui préfère rester dehors avec les filles.

PREMIER TÉMOIN.

S'il ne peut pas marcher, prêtez-lui des béquilles;
Ici nous guérissons!

PIERRE, au dehors.

Vous vous trompez, amis..,

PREMIER TÉMOIN.

Vrai?

PIERRE.

J'ignore cet homme, et jamais je n'ai mis
Ma bouche sur sa bouche ou ma main dans la sienne.

LE SOLDAT, à Jésus.

Le connais-tu?... Réponds, ou je cogne!

PREMIER TÉMOIN.

Qu'il vienne!

PIERRE.

Je ne sais même pas, seigneurs, quel est son nom.

LE SOLDAT.

Foi de soldat, es-tu de ses disciples?

PIERRE.

Non.

LE SOLDAT.

Jure-le!

PIERRE.

Je le jure!

PREMIER TÉMOIN.

Il craint les coups de pierre!

PIERRE.

Je ne le connais pas, sur ma foi!

JÉSUS.

Pauvre Pierre...

Le coq chante. Pierre cache son front dans ses mains et pleure. Il sort
Jésus tourne la tête, et, tendrement, le regarde partir.

II

LA JUSTICE

Une place à Jérusalem, devant l'ancien palais d'Hérode.

Le seuil du prétoire ; des marches de pierre montent vers la terrasse où se dresse le siège du procurateur. Une fontaine.

L'aube naît.

Dans la lueur indécise du jour qui se lève, on aperçoit une masse informe accroupie sur les marches du Tribunal.

C'est JUDAS : il se soulève lentement, et parle, tandis que le jour monte.

SCÈNE PREMIÈRE

JUDAS.

Ai-je dormi? C'est fait. Je sors d'un mauvais rêve.
Non, j'y rentre... Va-t'en, Judas! Le jour se lève.
Pouvoir que ce qui fut ne soit plus, ne soit pas!
L'irréparable est fait. J'ai peur de toi, Judas,
De ton nom! Va! L'abîme, et c'est fini... Le gouffre!
J'y vais. Mon front marqué d'un signe! Oh, que je souffre!
Tout seul, chassé, traqué, maudit : le chien lépreux,
Pis encore... Du pied! J'ai fait cela pour eux.
Va-t'en! Fuir! Toujours fuir! Où donc fuir? Anathème!
Va-t'en! Je pourrai fuir les hommes, mais moi-même?
Où je vais, je suis là. Plus loin, fils de Satan!
Ma voix me dit : « C'est toi. Tu fis cela. Va-t'en! »

Judas a traversé obliquement la scène. Il sort. Le jour vient.

SCÈNE II

PILATE, ANNE et **CAIPHE** surviennent et se dirigent vers le
prétoire.
Derrière eux, les servants du Tribunal, puis le peuple.

PILATE.

Je suis las de ceci : chimère sur chimère !

CAÏPHE.

Mais...

PILATE.

Nous ne sommes plus au temps du bon Homère
Qui promenait ses dieux dans un nuage épais :
Les dieux sont sur l'Olympe et nous laissent en paix,
Faites comme eux ! Vraiment, c'est un pays terrible :
Vos lois, toujours vos lois, et vous passez au crible
Les moindres actions et les moindres propos !
Encore un coup, daignez nous laisser en repos.

ANNE.

Si nous troublons le tien, c'est qu'on trouble le nôtre...
Nous voulons la santé du peuple juif, rien autre :
Tu devrais souhaiter, comme nous, ce bien-là.

PILATE.

Vous êtes médecins de l'âme, soignez-la,
Et ne nous mêlez plus à ces vaines disputes !

ANNE.

Tu dois nous protéger et tu nous persécutes.

PILATE.

Moi ?

ANNE.

Sans doute ! César (que Dieu conserve !) a dit :
« Je te livre ce peuple et te donne crédit

« Pour prélever l'impôt dans toute la province :
« Prends-la, mais souviens-toi que j'en suis le seul prince ;
« Sache m'en faire aimer et respecte sa loi ;
« Mais, si quelque fauteur se dresse contre moi,
« Frappe, et sois sans pitié pour la tête rebelle. »
César a dit ces mots et je te les rappelle :
C'est nous persécuter que lui désobéir.

PILATE.

Une sédition ! Un homme ose envahir,
Seul, la place publique, et bousculer des tables :
Il bat quatre marchands, sans doute respectables,
Mais qui certe auraient pu se défendre un peu mieux ;
Sur quoi, pour obtenir le pardon de ses dieux,
Il gravit les degrés du temple, et s'agenouille.
Et c'est un criminel d'État ! Et sa dépouille,
Je dois, pompeusement, l'envoyer à César !
Et César sera fier de la pendre à son char !
César l'attend, pour la porter au Capitole !
César est en péril ! Allez, la chose est folle,
Et l'on rirait de moi. Pilate est moins naïf.
Vous l'avez dit : Tibère aime le peuple juif ;
Il ne veut pas verser le sang de ceux qu'il aime.
Mais vous êtes plus prompts que nous : votre anathème
Tombe comme la foudre et frappe éperdument ;
Vous décrétez la mort au nom d'un Dieu clément :
Dès qu'un rêveur est mort d'un rêve, on recommence,
Et c'est moi, l'étranger, qui dicte la clémence !
Moi, l'ennemi commun, moi qu'on vilipenda,
Je tâche à réunir les enfants de Juda :
Lorsque j'en épargne un, je suis un mauvais père,
Et je désobéis au mandat de Tibère !
Finissons là ! Cet homme a fait tort aux marchands,
Donc, il paiera l'amende, et c'est tout.

ANNE.

Des méchants

Ont bien mal renseigné leur maître, ô Vénérable.

Remarque tout d'abord que l'homme est insolvable
Et ne peut réparer le mal qu'il a commis.
Néanmoins, faute d'or, il a beaucoup d'amis :
On le proclame Roi.

PILATE.

Tu dis ?

CAÏPHE.

Roi de Judée.

ANNE.

Absous un prétendant, si telle est ton idée ;
Mais nous, plus soucieux des droits de l'empereur,
Nous aurons essayé d'éclairer ton erreur.

PILATE, à part.

Hypocrites !

CAÏPHE.

A toi, qui portes l'épitoge,
D'interroger les gens qu'on accuse : interroge.

ANNE.

Les témoins sont nombreux : parle-leur, entend-les...

PILATE, aux gardes.

Qu'on amène Jésus.

A Caïphe et Anne.

Pénétrez au palais.

ANNE.

Hélas! nous ne pouvons : un texte inhibitoire...

PILATE.

Oui, vous seriez souillés en entrant au prétoire,
Et la maison d'Auguste est comme un mauvais lieu.

CAÏPHE.

Notre Pâque est venue, et nous devons à Dieu...

PILATE, à part.

Partout le Dieu! Partout la Loi! Peuple inflexible
Qui vas droit vers ton but comme un trait vers la cible,
Peuple de volonté, de silence et d'orgueil,
Ton Prophète et ton Dieu se dressent, double écueil
Où viennent se briser les puissances humaines.
Rien ne peut rien sur toi : ton maître, tu le mènes,
Et quiconque a posé son orteil sur ton front
Sent qu'il t'obéira dans les jours qui viendront!
— Ah! Rome et les jardins penchés au bord du Tibre!
Ne rien faire, dormir, être loin, être libre,
Cueillir les fleurs du temps sans expliquer pourquoi,
N'entendre plus parler du Dieu ni de la Loi,
Boire le gai falerne au milieu des poètes,
Rire, et ne plus jamais lapider les prophètes.

LA FOULE.

Tâmé!

PILATE, à part.

Tâchons au moins d'épargner celui-ci!

SCÈNE III

JÉSUS paraît, les mains liées, entouré de gardes et de peuple

UN HOMME.

Gloire au Fils de David!

UN AUTRE.

Vive le Roi choisi!

VOIX DU PEUPLE.

Sauvons-le du Romain!

ANNE.

Vois : son peuple l'acclame.

PILATE.

Le sien, ou bien le vôtre?

UN HOMME.

Avance!

PILATE, à part.

Plèbe infâme,
Vile plèbe, instrument de vengeance et de mort,
Meute de chiens qu'on lance où l'on veut, et qui mord,
Comme tu me hais bien, plèbe que je déteste!

A Caïphe.

Peut-il monter vers moi sans encourir la peste,
Lui?

CAÏPHE.

Ce fourbe est déjà hors la loi du Seigneur.

UN HOMME.

Mon Roi!

VOIX DU PEUPLE.

Qu'on le lapide!

PILATE, du haut de son siège.

Approche sans frayeur,
Et réponds simplement à celui qui te juge;
Pour l'innocent, la main d'Auguste est un refuge,
Et la main de César t'abrite en ce moment.
Es-tu roi?

JÉSUS.

Parles-tu de ton seul mouvement,
Ou portes-tu vers moi la parole étrangère?

PILATE.

On t'accuse, il est vrai, peut-être à la légère,

Mais j'ai le droit et j'ai le devoir de chercher ;
Caïphe te dénonce à moi comme un danger,
Séducteur, prétendant au trône de Judée :
Si l'on dit vrai, tu meurs.

JÉSUS.

Mon sceptre est une Idée.

PILATE.

Je ne m'informe pas des dogmes que tu suis :
Es-tu le descendant de David ?

JÉSUS.

· Je le suis.

CAÏPHE.

Il avoue !

PILATE.

Osas-tu conspirer contre Rome ?

JÉSUS.

J'ai dit : « Donnez deux parts, l'une à Dieu, l'autre à l'homme,
Et rendez à César ce qu'on doit à César. »

CAÏPHE.

Il s'est fait présenter les hommages d'un Sar !

JÉSUS.

J'ai recueilli l'amour qu'on offrait à mon Père.

CAÏPHE.

Blasphème !

PILATE.

Si tu peux, bon Caïphe, tempère
Les excès d'éloquence où monte ton courroux.
N'êtes-vous pas les fils d'un Dieu, qui fit pour Vous
La terre, l'océan, le soleil et la lune ?
Que tu sois fils de Dieu, j'y souscris sans rancune,

Mais es-tu roi des Juifs?

JÉSUS.

Je suis roi du futur,
Et je siège sur l'or dans le palais d'azur;
J'existe dans les temps et n'ai point de patrie,
Je suis le roi bénin qu'on adore et qu'on prie :
Mon royaume m'attend et n'est point d'ici-bas.

PILATE.

Es-tu le roi des Juifs?

JÉSUS.

Mon peuple et mes soldats,
Si j'en avais, viendraient défendre ma couronne.
Je suis le roi d'exil que la haine environne,
Je suis seul, et je parle aux seuls, et je m'en vais,
Seul, sans avoir régné sur les pays mauvais.
Mon royaume est la fleur de grâce et d'harmonie.

PILATE.

Où vas-tu? Que veux-tu? Qu'attends-tu ?

JÉSUS.

L'agonie.
Ma vie est un labeur, ma mort est un pardon :
Que l'auguste justice en accepte le don,
Et, recevant ma mort, entende notre plainte;
Je viens pour rendre hommage à la vérité sainte.

PILATE.

La vérité... Qu'est donc la vérité ?

JÉSUS.

L'amour.

PILATE, au peuple.

Ayant examiné cet homme, tour à tour,

Dans ses actes et dans ses propos, je déclare
Que mes yeux l'ont trouvé sans faute, et qu'on s'égare
En croyant voir en lui les vœux d'un prétendant.
Qu'il s'en retourne en paix. Je l'absous. Cependant,
Comme il sied que l'amour d'un peuple se décèle,
J'informerai César des soins que votre zèle
Met à défendre ici sa puissance et ses droits.

Il fait un geste pour congédier le peuple.

CAÏPHE, montrant Jésus.

Nous l'avons condamné !

VOIX DU PEUPLE.

Vive le Roi des rois !

PILATE, à Caïphe.

Fais donc taire tes gens !

ANNE.

Crois la parole d'Anne :
Cet homme est criminel et la Loi le condamne.

CAÏPHE.

Tu lâches dans Sion les animaux impurs.

VOIX DU PEUPLE.

Souviens-toi du trophée accroché sur nos murs :
César nous a donné raison contre Pilate.

LE PHARISIEN.

Mets sur son dos royal le manteau d'écarlate,
Et l'on avertira César des trahisons.

CAÏPHE.

Juge comme tu dois ceux que nous accusons
Et verse-nous le sang que le prophète exige.

JOSEPH D'ARIMATHIE.

Tous les meurtres commis pour Dieu, Dieu s'en afflige,

8.

Et ce n'est pas sa loi qui les prêche, c'est vous,
Gens de haine et d'orgueil, hommes d'ombre, hiboux,
Qui vous bouchez les yeux quand le soleil se lève !

CHŒUR DES HOMMES.

Instruis-nous !

JOSEPH D'ARIMATHIE.

   Je connais Jésus et le saint rêve,
Car j'ai bu la sagesse à son verbe divin.
Ton Dieu pleure sur toi, Sion ! Sera-ce en vain
Qu'un juste aura voulu t'apprendre que Dieu pleure ?
Debout ! Réveille-toi ! Réveille-toi ! C'est l'heure !
Regarde le jour bleu qui tremble à l'horizon.
Dieu vient briser ta chaîne et t'ouvrir ta prison.
Lève-toi, Dieu te parle, et marche, Dieu t'appelle !

ANNE.

Pilate, n'est-ce pas les propos d'un rebelle ?

LE CHŒUR DES HOMMES.

Joseph est un docteur !

LE MARCHAND.

  Un riche !

CHŒUR DES HOMMES.

    Parle encor !

JOSEPH D'ARIMATHIE.

Que voulez-vous ? Faut-il vous vider mon trésor
Pour racheter sa vie et vous sauver d'un crime ?
Tremblez, car Dieu bénit le juste qu'on opprime :
Vous demandez la mort d'un juste, Il vous entend.

UN MARCHAND.

Combien de talents d'or ?

CAÏPHE.

  En eussent-il autant

Que la mer peut cacher de perles dans son gouffre,
Leur vendrez-vous la paix d'Israël, pour qu'il souffre
Comme aux jours d'esclavage où nous rentrons déjà?
Leur vendrez-vous Moïse, et Dieu qui nous vengea?

JOSEPH D'ARIMATHIE.

Par la rançon d'un Saint, c'est vous que je rachète!

CHŒUR DES HOMMES.

Joseph est honnête homme.

ANNE.

      Oui, certe, un homme honnête,
Mais on donne parfois moins que l'on a promis.
Voyez : cet honnète homme a de méchants amis,
Et je le plains, vraiment, plus que je ne le blàme.
Les démons ont si bien perverti sa belle âme
Qu'il ose vous porter le conseil outrageant
De trahir votre Dieu, le sien, pour de l'argent!
Pauvre honnête homme! Il fut, jadis, fidèle au temple :
Que le malheur d'un seul soit à tous un exemple!
Dieu l'a choisi, pour vous montrer, par son moyen,
Ce que le séducteur fait des hommes de bien.

CAÏPHE.

Que voulons-nous? Sauver votre àme et votre race!
Où qu'ait passé ce fourbe, il a laissé sa trace
Comme une larve immonde entre les raisins mûrs.
Vous savez tout : faut-il qu'il reste dans vos murs,
Prèchant l'erreur, forçant les dogmes à se taire,
Menaçant l'Arche Sainte, absolvant l'adultère,
Corrompant votre épouse et vos fils, blasphémant,
Pillant, faut-il qu'il reste et marche impunément?
Si vous voulez cela, dites-le, pour qu'il règne.

ANNE.

Celui qui vous créa pour lui veut qu'on le craigne,

Il a dit à Baruch : « N'écoutez point ma voix
« Et je vous châtierai septante fois sept fois ;
« Les vainqueurs chasseront mon peuple hors des villes ;
« Je courberai son col au joug des tâches viles,
« Et je disperserai, du vent de mon courroux,
« La chanson de l'épouse et celle de l'époux... »

CAÏPHE.

Mais la joie est furtive et l'erreur est tenace :
Vos pères n'ayant pas entendu la menace,
La main de Babylone a fait taire les chants,
Et les os des aïeux semés à travers champs,
Immondes, ont blanchi sous la lune ennemie,
Et tous ceux qui vivaient sont morts dans l'infamie
Par la torture, ou par la faim, ou par l'exil !

LE PHARISIEN.

C'est vrai !

VOIX DU PEUPLE.

C'est vrai !

LE PHARISIEN.

Que Dieu nous garde du péril !

LE MARCHAND.

A mort !

VOIX DU PEUPLE.

Avertissons César !

LE MARCHAND, désignant Jésus.

Qu'on nous le livre !

UN HOMME.

Pilate, tiens-tu plus à le sauver qu'à vivre ?

JOSEPH D'ARIMATHIE.

Ils vont forcer le seuil !

PILATE.

La Loi le leur défend !
Ils n'oseraient ! Un lieu profane !

SCÈNE IV

LA VIERGE, se précipitant vers la terrasse.
Mon enfant !

CAÏPHE, essayant de la retenir.

Femme, arrête !

LA VIERGE.
Jésus ! Mon Fils ! Qu'on me le rende !

CAÏPHE.
Crains la souillure, ou Dieu maudira ton offrande.

LA VIERGE.
Ce qu'on fait pour son fils n'est pas maudit du ciel.

CAÏPHE.
Dieu saurait bien sans toi sauver Emmanuel.

JÉSUS.
Pauvre Mère, ô pourquoi, ma Mère, es-tu venue ?
Retourne...

VOIX DU PEUPLE.
Aux croix !

JÉSUS.
Adieu !

LE PHARISIEN.
Sa faute est reconnue !

LA VIERGE.

Laquelle?

VOIX DU PEUPLE.

A mort!

LA VIERGE.

Pilate! Il n'a fait aucun mal!
Je ne sais pas comment on parle au tribunal,
Mais je jure qu'il est innocent, chacun l'aime,
Et je vois dans tes yeux qu'il t'est cher à toi-même.
Défends-le, sauve-nous...

PILATE.

J'ai fait ce que j'ai pu.

LA VIERGE.

Pas tout encor...

VOIX DU PEUPLE.

Qu'il meure!

PILATE.

Écoute ta tribu !

LA VIERGE.

Qu'importent les méchants ? C'est toi le maître, en somme !
Il n'a jamais rien dit contre toi, contre Rome,
Rien fait pour mériter ta haine ou ta rigueur...
— Un juge a des devoirs devant son propre cœur :
Je suis la voix de ta conscience, et te prie,
Pour toi comme pour nous, pour ta gloire flétrie,
Pour l'honneur de César, Pilate, et pour le tien !
Je t'implore... Rends-moi mon fils. C'est mon seul bien.
Voudras-tu que ton nom reste à travers les âges
Détesté par les saints, méprisé par les sages?
C'est toi le juge, et l'on dira, si tu consens,
Que Pilate faisait mourir les innocents...

ANNE, bas, au Pharisien.

On traine... Réchauffez le peuple.

JOSEPH D'ARIMATHIE, bas, à Pilate.

C'est la Pâque,
Et les lois, en vertu desquelles on l'attaque,
Nous permettent d'absoudre un prisonnier par an :
Si ce moyen...

PILATE.

Tâchons de fléchir le tyran.

Aux gardes.
Amenez Barrabas.

LA VIERGE.

Oui, qu'on leur parle encore...
Le peuple aime mon Fils, mais il veut qu'on l'implore.
N'est-ce pas? Vous savez que mon Fils est très bon :
C'est un juste, et je viens vous demander pardon
Si nous vous avons fait du tort sans le comprendre.
Soyez compatissants pour celui qui fut tendre !
Il vous a tous aidés autant qu'il le pouvait,
Les malades l'ont vu pleurer à leur chevet,
Comme un père, et ses pleurs ont guéri les malades.

CAÏPHE.

Grâce au démon !

UN MARCHAND.

Il a renversé nos estrades !

LE PHARISIEN.

Il veut raser Sion !

AUTRES VOIX.

Qu'on le lapide !

VOIX DU PEUPLE.

En croix !

PILATE.

Peuple juif !

CHŒUR DES FEMMES.

Écoutons.

PILATE.

Je respecte vos droits :
Les gens que vous jugez coupables sont coupables ;
Si j'ignore souvent la Loi des douze tables,
Et les Autres, quand j'ai pénétré leurs desseins,
Je m'y soumets. Un texte, en l'honneur des jours saints,
Vous permet d'arracher un homme à ma justice,
Ce pouvoir est en vous ! Bien qu'il me dénantisse,
Bien qu'il me semble lourd et peut-être abusif,
J'honore en ce pouvoir les droits du peuple juif.

   Tandis qu'on amène Barrabas, qu'on le place à côté de Jésus et qu'ils se regardent, Pilate les montre au peuple.

Voici deux prisonniers condamnés au prétoire ;
Ils vous sont trop connus, et leur crime est notoire.
L'un, Barrabas, voleur de nuit, tueur gagé ;
Il a brûlé le champ d'un homme à Betphagé,
De plus, il a frappé son père en plein visage :
Est-ce lui qu'il te plaît d'absoudre, peuple sage ?

CAÏPHE.

Un blasphème est le plus horrible des péchés !

PILATE.

Il pénétra chez des marchands, les vit couchés,
Donc, il les égorgea dans leur lit, comme un lâche :
Peuple austère, est-ce lui qu'il te plaît qu'on relâche ?

CAÏPHE.

Oui !

PILATE.

Lequel sauvez-vous ? Regardez-les tous deux.

Montrant Barrabas.

Il fait plaisir à voir vivant, il est hideux,
Et porte effrontément ses vices sur sa face.
L'autre est doux, juste, et fier. Que vous plaît-il qu'on fasse,
Et lequel vous paraît le plus digne de vous?

CAÏPHE.

Préservons Dieu, les Lois, et le Temple, avant nous!
L'un a tué la chair, l'autre tuerait les âmes :
Nous voulons Barrabas!

UN HOMME.
Barrabas!

PILATE.

Et vous, femmes?

LE PHARISIEN.

Le Grand-Prêtre sait mieux ce qu'il faut!

LA FOULE, en tumulte.

Barrabas!

PILATE.

Vous l'avez bien gagné, prenez-le donc!

LA VIERGE.

Hélas...

PILATE.

L'aède et le bandit, gardons chacun le nôtre!
Embrassez Barrabas, je flagellerai l'autre.

Il leur pousse Barrabas qui se mêle à la foule.

A Jésus.

Trouve un moyen.

JÉSUS.

Ma mort est l'unique moyen :
C'est la porte entre l'homme et son Dieu. Tout est bien.

9

VOIX DU PEUPLE.

A mort !
Le tumulte grandit.

PILATE.

Je ne peux rien pour toi, si l'on ne m'aide.

JÉSUS.

Ma mort n'est point le mal, ma mort est le remède ;
Je meurs par eux, je meurs pour eux, ainsi soit-il !

PILATE, à part.

Pauvre rêveur !
Aux gardes.
Donnez sa joie au troupeau vil.
Peut-être un peu de sang va suffire à l'hyène.
Le fouet !
Les soldats s'emparent de Jésus et l'emmènent derrière une colonne du prétoire.

LA VIERGE, défaillante.

Oh... Par pitié... Grâce...

PILATE.

Qu'on la soutienne.
On entend les coups de fouet qui claquent sinistrement, de l'autre côté du palais. Le peuple regarde.

LA VIERGE, tendant les bras vers son fils invisible.

Laissez-moi... Viens !... Je veux mourir aussi !

VOIX DU PEUPLE.

Plus fort !

LA VIERGE.

Vous allez me tuer mon enfant !

VOIX DU PEUPLE.

A la mort !
Les coups de fouet se multiplient.

LA VIERGE.

Oh! chacun de ces coups déchire mes entrailles.
Assez... Assez!

LE CHŒUR DES FEMMES.

Son sang gicle sur les murailles!

LA VIERGE.

C'est trop!... assez... Pitié pour mon petit Jésus.
Pilate fait un signe, la flagellation cesse.

PILATE.

Bon peuple! as-tu compté les coups qu'il a reçus?
Est-ce bien? Est-ce tout? Tu vas voir ton ouvrage.
Couronnez-leur un roi digne de leur courage,
Un roi très honoré pour un peuple honoré,
Et que le dernier fils de David soit sacré!
Haine au sang de David!

Jésus apparaît, le torse nu, déchiré par les lanières. Les soldats l'entourent et lui offrent les ornements d'une royauté ridicule, le manteau d'écarlate, la couronne d'épines, le sceptre de roseau. Murmures du peuple.

ANNE, bas, à Caïphe.

Nous perdons la bataille.

JOSEPH D'ARIMATHIE, qui n'a point vu Jésus, s'avance vers Caïphe.

Si les hommes de peu n'osaient grandir leur taille
Et briguer les honneurs qu'ils n'ont pas mérités,
On en verrait, qui sont les princes des cités,
Croupir sur le fumier d'un triomphe illusoire,
Et ceux qui marchent nus s'iraient vêtir de gloire!

Il se retourne et tombe à genoux en apercevant Jésus que Pilate présente au peuple du haut du Gabatha.

Voilà l'Homme.

Jésus immobile et sanglant se tient debout.

LE CHŒUR DES FEMMES.

Son front resplendit comme un ciel.

VOIX DU PEUPLE.

Si c'était Lui, pourtant?..,

PILATE.

Dernier roi d'Israël,
Fin d'un peuple, salut!

Aux soldats.

Passez! Rendez hommages.

Les soldats défilent devant Jésus et s'inclinent avec les marques d'un respect dérisoire.

Chaque sergent qui passe à la tête de ses hommes, s'agenouille pour injurier le Christ, puis se relève en le frappant ou en crachant sur lui.

PREMIER SERGENT.

Roi David!

DEUXIÈME SERGENT.

Roi par Dieu!

TROISIÈME SERGENT.

Roi des Juifs!

QUATRIÈME SERGENT.

Roi des Mages!

CINQUIÈME SERGENT.

Assis! Il n'est pas bon qu'un roi reste debout.

Le sergent frappe l'épaule de Jésus qui tombe.

LE CENTURION.

Il est las...

SCÈNE V

JUDAS, se frayant un passage brutal à travers la foule, accourt, hérissé, fou, levant ses deux bras écartés, et secouant sa bourse; il s'arrête milieu de la place, puis s'élance vers Caïphe. Tour à tour, il parle aux soldats, à Caïphe, à la foule.

JUDAS.

Arrêtez!... Voilà... Reprenez tout...
Moi, Judas, j'ai vendu mon Dieu!... Votre or me brûle,
L'or cruel, l'or menteur, l'or en feu qui circule,

Lave ardente, à travers tout mon corps de damné !
Caïphe, je te rends l'or que tu m'as donné,
Misérable bourreau de mon âme vendue,
Et puisses-tu porter la peine qui t'est due !
Caïphe, entremetteur de Satan, puisses-tu,
Maudit par un maudit, payer pour la vertu !

Il jette la bourse à terre ; l'or qui se répand est ramassé par les prêtres et les marchands.

ANNE.

Le malheureux est fou.

JUDAS.

                    De douleur et de honte,
Fou d'horreur, fou d'un crime, et nous en rendrons compte,
Moi, toi, nous deux, nous tous, comme moi, tu m'entends,
Nous rendrons compte et dans l'infinité des temps,
Tous, comme moi, vous tous par qui la chose est faite !
Sauvez-vous ! J'ai compris l'oracle du prophète :
Trop tard ! — Bien, achevez, par le fer, par le feu !
Et malheur sur nous tous, nous avons tué Dieu !

Il gravit les degrés, et du haut de la terrasse étend ses bras sur la foule.

Plus d'espoir, plus de paix, plus de salut !

JÉSUS, *faiblement.*

                              Peut-être.

JUDAS.

Il a daigné me voir... Mon Maître, mon bon Maître,
Oh ! parle, et que j'entende encor ta sainte voix !

Il se traîne à genoux.

JÉSUS, *lui tendant les bras.*

Judas, viens m'embrasser pour la seconde fois.

Judas hésite, et se jette dans les bras du Seigneur, puis il s'écarte du Maître, et voit ses propres vêtements couverts de taches rouges.

JUDAS.

Oh ! comme ils t'ont fait mal, Seigneur... et par ma faute !
Ton sang divin sur moi, traître maudit !

                                          9.

CAÏPHE.

Qu'on l'ôte !

ANNE.

Vous avez vu Joseph et vous voyez Judas :
Il fait ceci de tous.

CAÏPHE.

César a des soldats
Pour fomenter l'émeute et les guerres civiles.

LE PHARISIEN.

Et des procurateurs pour asseoir dans ses villes
Des rois fangeux, des rois venus on ne sait d'où.

LE MARCHAND.

Nous t'avons vu, Pilate, accrocher à son cou
La pourpre impériale.

LE PHARISIEN,

On le saura dans Rome.

VOIX DU PEUPLE.

Tibère t'apprendra de quel titre on les nomme,
Ceux...

VOIX DU PEUPLE.

Nous aurons sa tête !

LE MARCHAND.

Au gibet !

VOIX DU PEUPLE.

Tu trahis !

PILATE, à part.

O foule, quels que soient ta race et ton pays,
Malheur à qui descend vers toi, sinistre foule !

Le tumulte grandit encore.

CENTER: **VOIX DU PEUPLE.**

En croix ! en croix !

CENTER: **PILATE,** à Joseph.

Que faire ? Ivre, quand le sang coule...

Au peuple.

Puis-je crucifier votre roi ?

CENTER: **LE PHARISIEN.**

Nous n'aurons

D'autre roi que César !

CENTER: **PILATE.**

Voulez-vous deux larrons ?

Ils sont là, condamnés légalement.

CENTER: **LE PHARISIEN.**

Et l'autre,

N'est-il pas condamné par la loi ?

CENTER: **PILATE.**

Par la vôtre !

CENTER: **CAÏPHE.**

On insulte Moïse !

CENTER: **VOIX DU PEUPLE.**

A mort les étrangers !

CENTER: **VOIX DU PEUPLE.**

A mort Jésus !

CENTER: **VOIX DU PEUPLE.**

A mort Pilate !

CENTER: **VOIX DU PEUPLE.**

Ils sont jugés !

CENTER: **LE MARCHAND.**

César nous donnera ton roi juif et ta vie.

PILATE, haussant les épaules.

Sauve qui peut...

VOIX DU PEUPLE.

A nous!

La foule gravit les marches, s'empare de Jésus, et le tire brutalement sur la place.

UN HOMME.

Viens!

VOIX DU PEUPLE.

Qu'on le crucifie!

LA VIERGE, se traînant à genoux.

Non, pas cela. C'est trop... Grâce... C'est trop souffrir.
J'ai vu... Grâce... J'ai vu des croix, j'ai vu mourir,
Les pieds cloués, les bras étendus, un esclave :
Ses yeux saignants, sa bouche entr'ouverte, la bave...
Il est resté cinq jours à râler sur sa croix!
Mon fils, tout seul, sur la montagne...

CAÏPHE, lui montrant les deux larrons qu'on amène.

Ils seront trois.

BARRABAS.

En avant!

ANNE, bas, à Caïphe.

La victoire est à qui persévère.

Au milieu du bruit, PILATE plonge ses mains dans l'eau, et les relève vers le peuple.

Je me lave les mains de ce sang!

VOIX DU PEUPLE.

Au Calvaire!

PILATE.

Du sang de l'innocent!

ANNE.

Qu'il retombe sur nous!

CAÏPHE.

Sur nos enfants!

JUDAS.

Sur tous!

On charge Jésus de sa croix. Le cortège se met en marche.

JOSEPH D'ARIMATHIE, s'agenouillant vers le Seigneur.

A genoux! à genoux!

Quelques-uns s'agenouillent derrière lui. Jésus s'en va.

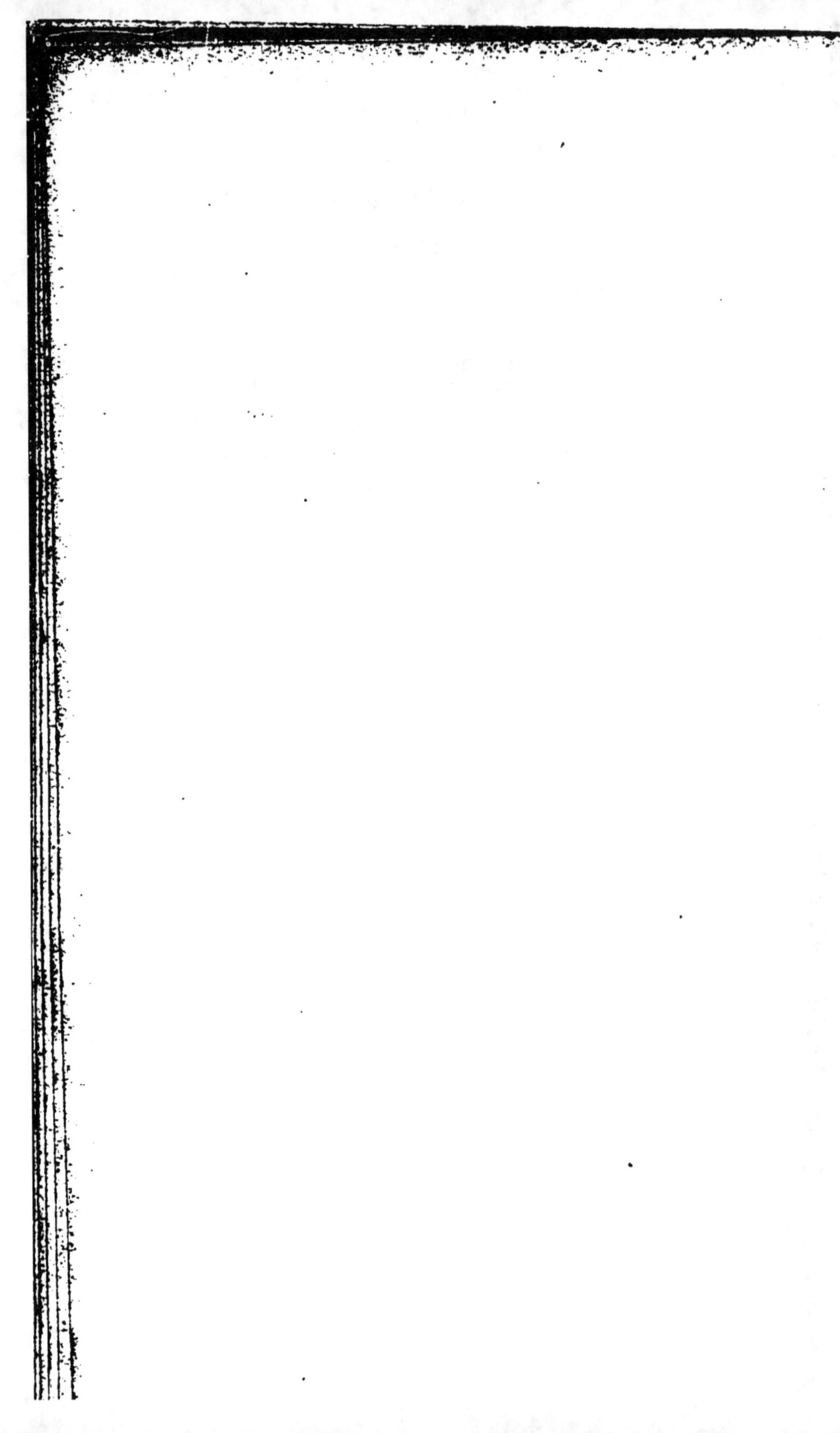

III

L'ŒUVRE

———

Au Calvaire. La montagne se découpe sur le ciel. Vers la gauche, un coin d'horizon.

Deux croix sont dressées sur le sommet.

Par un chemin de roches et de ronces, le cortège s'avance.

D'abord, les gens du peuple et des enfants parmi eux,

BARRABAS, puis LE CENTURION armé de sa lance, qui descend de cheval.

Derrière lui, d'autres soldats romains.

Les deux LARRONS.

JÉSUS paraît, courbé sous le faix de sa croix.

A côté de lui, marche SIMON de Cyrène.

Derrière lui, LA VIERGE, soutenue par MARTHE et MADELEINE, qui pleurent, et JEAN.

LE CHŒUR DES HOMMES, LE CHŒUR DES FEMMES.

Enfin, JUDAS, seul.

Plus tard, CAÏPHE, puis LE PHARISIEN. — Puis JOSEPH D'ARIMATHIE et NICODÈME.

JÉSUS, tombant à genoux.

Je ne peux plus...

MADELEINE.

Mon Dieu !

LA VIERGE, voulant aller vers son fils.

Mon Fils !

UN SOLDAT, l'arrêtant sous son bâton levé.

Pèse ma gaule !

LE CENTURION.

Allons, Cyrénéen, encore un coup d'épaule !
C'est la fin.

JÉSUS.

C'est la fin du recommencement.
— O mon Père, aide-moi, car voici le moment.

LE CHŒUR DES HOMMES.

Le Ciel est pur : j'entends le tonnerre qui gronde.

LE CENTURION, à Jésus.

C'est lourd ?

JÉSUS.

Je suis tombé sous la douleur du monde :
Le fardeau des péchés est plus lourd que ma croix.

Simon de Cyrène a pris la croix de Jésus, et la porte jusqu'au sommet. On la couche entre les deux autres.
Pendant qu'on dépouille les larrons, Jésus se tourne vers le peuple.

JÉSUS.

Crois ce que je t'ai dit, et dis ce que tu crois,
Humanité, ma sœur. La terre t'est cruelle :
Je suis venu pour elle, et je m'en vais pour elle.

LE CHŒUR DES FEMMES.

Hélas...

JÉSUS.

Je suis le sang de l'expiation :
Ne pleurez pas sur moi, les filles de Sion,
Pleurez sur les bourreaux mais non sur la victime,
Et que l'Agneau sans tache, offert comme une dîme,
Ait réconcilié mon Père avec ses fils.

LE CHŒUR DES HOMMES.

Holocauste suprême !

LE CHŒUR DES FEMMES.

O divin crucifix!

JÉSUS.

Désespérés, je suis venu pour qu'on espère.
Ma vie était aux fils et ma mort est au Père ;
Des deux mondes, j'ai fait le chemin du milieu,
Messe de Dieu vers vous, messe de vous vers Dieu,
Je suis la sainte messe et l'arche de mystère :
Je suis l'Enfant du ciel envoyé sur la terre,
Et l'Enfant de la terre envoyé vers le ciel :
J'y vais.

LE CENTURION, aux soldats.

Dépouillez-le.

LE CHŒUR DES HOMMES.
Malheur sur Israël !

JÉSUS.

J'y vais ! Souvenez-vous ; car l'œuvre est accomplie.

LE CENTURION présente le parchemin qu'on devra clouer sur la croix, et lit
Jésus de Nazareth, roi des Juifs.

CAÏPHE.
C'est folie
D'insulter tout un peuple avec cet écriteau.

LE CENTURION.
Ce que Pilate écrit est écrit.
Il tend le parchemin à l'un des bourreaux qui le plante sur le gibet. — Les
soldats ont dépouillé Jésus, et se disputent ses vêtements.

UN SOLDAT.
Son manteau !

UN AUTRE.
Ne le déchirons pas, jouons-le !
Ils l'étendent à terre, et y jettent des dés. — Jésus est resté seul. Madeleine
veut s'approcher de lui.

MADELEINE.
Mon doux Maître...

LA VIERGE, allant vers Jésus.

Mon Fils ! Mon pauvre enfant !... C'est fini...

PREMIER BOURREAU.

Le grand-prêtre
Caïphe a défendu qu'on s'approchât de lui !

Judas survient, et reste à l'écart. — Le soldat qui a gagné le manteau le jette sur ses épaules.

CHŒUR DES HOMMES.

C'était sur une croix, jadis comme aujourd'hui,
Que le serpent d'airain...

JUDAS, bas.

Oh, baiser tes blessures...

LE CHŒUR DES FEMMES.

Le serpent d'Aaron guérissait des morsures.

JÉSUS.

Guérir, c'est guérir l'âme... Ai-je su les guérir ?

On offre aux deux larrons une coupe contenant un vin d'aromates ; ils boivent.

BARRABAS, tendant la coupe à Jésus.

Bois ! Ça te donnera du cœur pour bien mourir.

Jésus repousse la coupe. Le mauvais larron tend la main pour la prendre.

LE MAUVAIS LARRON.

Sa part !

LA VIERGE, suppliante.

Un seul baiser.

PREMIER BOURREAU.

Non...

La Vierge s'élance vers son fils, et l'étreint sur son cœur.

LA VIERGE.

Adieu.

Ils restent embrassés. Barrabas, en riant, appelle le bourreau à faire son devoir.

BARRABAS.

Victimaire!

JÉSUS.

A la Vierge montrant Jean.
Femme, voici ton fils.

A Jean, montrant la Vierge.
Enfant, voici ta mère.

Au peuple.
Que mon sang vous baptise et qu'il profite à tous ;
Chérissez-vous les uns les autres, aidez-vous :
C'est Dieu que vous aimez en aimant votre frère.

Jésus est pris par les bourreaux, qui le couchent sur la croix. Tonnerre loin-
tain. Le ciel se couvre.

BARRABAS, au centurion.

Tu pleures?

L'obscurité s'épaissit : on crucifie les deux larrons.

DEUXIÈME BOURREAU, courbé vers le Christ, lui prend une main.

Prête-moi ton marteau.

PREMIER BOURREAU, se penchant vers le travail.

Le contraire,

La paume en dehors.

Il aide le deuxième bourreau.
Bien.

On entend le premier coup de marteau.

LA VIERGE.

Ah !

DEUXIÈME BOURREAU.

Mon clou s'est tordu.

Satané forgeron !

PREMIER BOURREAU.

Le soleil est mordu !

On n'y voit goutte !

Coups de marteau. — Tonnerres encore lointains qui se rapprochent. La
nuit se fait. Judas s'affaisse dans un coin.

DEUXIÈME BOURREAU.

Il faut faire allumer des torches.

Le Christ, couché au milieu des bourreaux, est invisible. Les coups de marteau se répètent.

LA VIERGE.

Mon Dieu, mon Dieu, mon Dieu!...

Coups de marteau. — Barrabas, très grand, se penche par-dessus l'épaule des soldats et des bourreaux.

BARRABAS, en riant.

Maladroit, tu l'écorches !
Ne peux-tu les tuer sans leur faire du mal !

On lève la sainte Croix.

Dans un mystère d'ombre, on aperçoit, visible à peine, sur le fond du ciel noir, le corps du divin crucifié.

JUDAS, de loin, et tombant à genoux.

Voilà mon œuvre !

LE MAUVAIS LARRON.

Eh, toi! L'homme au sang baptismal !
Un miracle, ou c'est fait !

LE BON LARRON.

Tu meurs dans un blasphème !

CAÏPHE.

Il sauvait ses amis, qu'il se sauve lui-même !

JÉSUS, regardant le ciel.

Pardonne-leur, car ils ne savent ce qu'ils font.

LE BON LARRON, à Jésus.

Toi qui règnes sur l'aube où les âmes s'en vont,
Daigne te souvenir de moi dans ton royaume !
Je sais que ton regard et ta voix sont un baume :
Guéris-moi dans les temps. Je crois.

JÉSUS, se tournant vers le bon larron.

Je te le dis :
Tu seras avec moi, ce soir, en Paradis.

LE CHŒUR DES HOMMES.

C'est l'Homme !

LE CHŒUR DES FEMMES.

Il est venu, le Porteur des messages !

CAÏPHE.

Chimère !

JUDAS, se relevant terrible et s'avançant vers le peuple.

On attendait l'Élu depuis les âges,
Et vous êtes damnés comme moi, le damné !

JÉSUS.

O mon Père, pourquoi m'avoir abandonné ?

LA VIERGE, agenouillée, tendant ses bras vers le Christ.

Jésus ! mon fils !

JÉSUS.

J'ai soif.

BARRABAS, riant.

Il n'a pas voulu boire !

UN SOLDAT, tendant au bout de sa pique une éponge imbibée.

Tiens !

JÉSUS, posant ses lèvres sur l'éponge.

Tout est consommé.

LE CHŒUR DES HOMMES.

Comme la terre est noire !

JÉSUS.

Mon Père, je remets mon âme entre tes mains.

Sa tête retombe sur son épaule. Le Rédempteur est mort. — Le tonnerre éclate dans le ciel sombre.

LE CHŒUR DES FEMMES.

La foudre !

LE CHŒUR DES HOMMES.

Le vent tord les arbres des chemins.

LE CHŒUR DES FEMMES.

Terrible nuit !

LE CHŒUR DES HOMMES.

Le sol s'entr'ouvre !

LE CHŒUR DES FEMMES.

Une couleuvre !

JUDAS, dénouant sa ceinture.

Malheur sur moi, sur vous, et malheur sur notre œuvre !

LE CENTURION, s'approchant de Jésus.

Quoi, déjà mort !

LA VIERGE, se traînant au pied de la croix.

Mon Fils, reviens...

UN SOLDAT, levant sa lance.

Un coup d'épieu !

Il frappe le Christ au côté ; un mélange de sang et d'eau coule de la blessure.

LE CENTURION.

Assurément, cet homme était un juste.

JUDAS.

Un Dieu !

Judas passe sa ceinture autour de son cou, et serre : il sort en chancelant. Les soldats s'approchent des larrons avec des massues et leur rompent les genoux.

LE PHARISIEN, accourant vers Caïphe.

Le Voile est déchiré: les morts vivent : des ombres
Passent en sanglotant dans les carrefours sombres.

Caïphe lui fait signe de se taire.

JOSEPH D'ARIMATHIE, suivi de Nicodème, accourt et présente
une lettre au centurion.

Rendez-nous notre Dieu : Ponce me l'a donné.

*On applique une échelle contre la croix : Nicodème monte et étend sur le
Christ un vaste linceul qui traîne jusqu'à terre.*

LA VIERGE, affaissée au pied de la croix.

Mon Fils est mort, mon Fils est mort!

CHŒUR DES ANGES, du haut du ciel.

Un monde est né!

1039. — Imprimeries réunies, A, rue Mignon, 2, Paris.